AF312899

LES ROMANS DE LA JEUNESSE

2.50

ERNEST D'HERVILLY

LES CHASSEURS D'ÉDREDONS

DESSINS DE E. VAVASSEUR

BOIVIN & C⁰, 3, RUE DE VANNEAU, PARIS

Les
Chasseurs d'Édredons

Les Chasseurs d'Édredons

Voyages et singulières Aventures de M. Barnabé

(de Versailles)

par

ERNEST D'HERVILLY

PARIS

ANCIENNE LIBRAIRIE FURNE

BOIVIN & Cie, ÉDITEURS

3 et 5, RUE PALATINE (VIe)

Les
Chasseurs d'Édredons

Voyages et singulières Aventures de M. Barnabé
(de Versailles)

CHAPITRE I

A VERSAILLES, RUE DE L'ORANGERIE

Dans la très confortable chambre à coucher de l'appartement de garçon (de vieux garçon), que M. Barnabé, rentier, occupait depuis plus de dix ans à Versailles, rue de l'Orangerie, le dialogue suivant eut lieu, par un piquant matin d'avril, entre M. Barnabé, déjà nommé et qualifié, lequel, assis, au coin de la cheminée, buvait à petits coups une tasse de thé brûlant, et madame veuve Montataire, sa femme de ménage ou plutôt sa gouvernante.

— Madame Montataire!

— Monsieur?

— Madame Montataire, j'ai à vous annoncer les choses les plus graves. Asseyez-vous, d'abord, s'il vous plaît.

— Ce n'est pas de refus. Mais, Seigneur Dieu tout-puissant, qu'est-ce qu'il y a encore ?

— Il y a, madame Montataire, et c'est bien simple, que, si je reste huit jours de plus à Versailles, je suis un homme mort, voilà tout.

— Miséricorde !

— Oui, madame. Et il n'est pas besoin pour cela de me regarder avec des yeux gros et blancs comme ceux des statues du Parc !

— Monsieur veut rire, sans doute ?

— Moi?.. rire!.. Madame Montataire! Est-ce que j'ai l'air de plaisanter ?.. Et, pour montrer qu'il ne plaisantait nullement, M. Barnabé accompagna son interrogation irritée d'une sorte de sifflement de serpent à sonnettes, qui s'échappait de ses dents serrées.

— Mais qu'est-ce qu'il y a donc, monsieur ? Vous n'êtes pas bien, ce matin, à ce que je vois.

— Pas bien ? Je vous crois sans peine : je suis empoisonné, madame !

— Empoisonné !

— Oui; et c'est la quatrième fois que cela m'arrive, depuis quinze jours, notamment.

— Est-ce possible !

— Madame Montataire, faites-moi l'honneur de m'écouter sans m'interrompre, hein ? — Oui, je suis bel et bien empoisonné de nouveau. J'ai eu l'imprudence, hier, d'accepter à dîner chez les Sarlaboux. C'était même leur première invitation. Quelle fatalité ! Dérogeant à mes vigilantes habitudes, j'avais oublié de m'informer de leur pays natal. On a de ces inexplicables absences ! Eh bien, ils sont originaires du Midi, et du Midi le plus austral, ces Sarlaboux, et, naturellement, ils m'ont assassiné avec de l'ail.

— Leur ail infâme ! Et, aujourd'hui, vous en voyez l'effet. Je suis en proie à mille tortures, dévoré d'une fièvre de cheval, et la fétidité de mon haleine est telle, madame Montataire, qu'elle me fait songer que si les gens du Midi ont un Ange gardien, quand ils sont petits, cet ange, évidemment, doit veiller sur leurs berceaux, avec bien des regrets, et en se bouchant les narines...

— Ah ! bah !.. un peu d'ail !.. pour une fois?..

— Pour une fois !..

Ici M. Barnabé, au comble de l'indignation, imita de nouveau le sifflement du serpent à sonnettes, mais d'une façon prolongée.

— Pour une fois ! reprit-il enfin, mais, madame Montalaire, cette fois-là, depuis dix ans, cette fois-là se renouvelle pour moi presque chaque jour, maintenant. Et je ne vous parle pas de Paris, qui est perdu, qui est gion s'étend ici de jour en jour. Ma santé de fer m'a permis de lui résister jusqu'à présent. Mais, après l'assaut que l'ail m'a livré, hier, chez les Sarlabous, je sens — oh ! quelle puanteur ! — je sens qu'il m'est impossible que je n'y succombe pas avant peu. Aussi, le seul parti qui me reste à prendre, si je veux vivre et manger en paix mes dernières années,

Si je reste huit jours de plus à Versailles, je suis un homme mort.

gangrené à l'ail pour jamais ; je vous parle de Versailles, de Versailles jusqu'alors inviolé par l'infernale cuisine du midi. Oui, c'en est fait ! Versailles, que je crus inexpugnable, Versailles est envahi à son tour. Le Midi, et l'ail qu'il traîne à sa suite, se sont abattus sur Versailles, et le dévorent, comme ils se sont élancés sur le reste de la France et l'ont décimé. Pour ma part j'ai déjà subi de nombreuses et cruelles attaques de cette peste à l'ail, dont la contamination c'est de gagner promptement le Nord, oui, madame, l'extrême Nord, où l'ail n'a point encore pénétré, du moins à ce que m'écrit justement ce matin mon vieil ami Tausen, de Copenhague...

— Monsieur s'exagère le mal...

— Ce n'en est qu'une faible constatation, au contraire ! « Abominez-vous l'ail ? » on en a mis partout ! » C'est la muscade moderne. On ne s'informe même pas, poliment, dans les familles où on en a le culte, si l'ail rend malades ou non les convives. On vous l'impose. On vous le sert en triomphe ! Il n'y a plus, pour les gens qui l'ont en horreur, un seul restaurant où ils puissent s'y soustraire. Il règne partout en maître. Tout le monde semble dompté par l'ail et le Midi. Personne ne bouge. Eh bien, moi, je bougerai; je ficherai le camp, oui, madame Montataire, sauf votre respect, et je m'en irai au Pôle, s'il le faut, pour fuir l'invasion des mangeurs d'ail de toutes les nations du Midi...

— Ces pauvres gens du Midi, si vifs, si bons garçons... et si malins!..

— Eh ! je les adorerais tout comme vous, si on ne les rencontrait pas toujours, comme Sancho Pança, avec la gousse aux dents ! Tenez, madame Montataire, je vais vous dire une chose barbare : il m'aurait été doux d'être l'exécuteur des hautes œuvres de cette sultane des *Mille et une Nuits*, qui ayant épousé, par mégarde, un croqueur d'ail, lui fit couper les pouces des mains et des pieds, pour commencer; après quoi, quand il fut guéri, elle le condamna à se laver trois cents fois les mains et la barbe avec de l'alcali et de la potasse, à l'issue de chaque dîner, avant de lui parler !

— Eh bien, en voilà une dame qui n'était vraiment pas commode !

— Elle n'aimait pas l'odeur de l'ail, voilà tout ! Et elle avait cela de commun, non seulement avec le pauvre M. Barnabé, mais avec le vieux poète Horace qui assurait, lui, que ce condiment affreux devait être réservé aux plus grands criminels, attendu qu'il l'estimait comme le plus horrible châtiment qu'on pût infliger à l'homme. Il était du Midi pourtant, Horace!..

— En voilà une idée !..

— Madame Montataire, je ne couperai pas les pouces aux Sarlaboux, moi. Je n'en ai pas le pouvoir, et le gouvernement se refuserait peut-être à considérer cette façon d'agir comme la simple riposte d'un homme du Nord en cas de légitime défense. Mais, septentrional en détresse, assailli, investi de toutes parts, par le *Méridion* victorieux, je me bornerai à imiter la sage conduite de mes braves et

délicats ancêtres, les *Gaulois chevelus*, en pareille circonstance...

— Qu'est-ce que monsieur me dit là ! Qu'est-ce qu'ils ont fait, les Gaulois chevelus ?

— Je dis que c'est à tort qu'on croit, et que César a écrit, dans ses *Commentaires*, que les *Gaulois chevelus* (et même les chauves), ont été vaincus par les armes de ses Légions, et qu'ils ont fui devant elles. Ils n'ont pas été vaincus, madame Montataire, ils n'ont pas fui; mais, devant l'insoutenable haleine des mangeurs d'ail latins, ils ont mieux aimé reculer, pas à pas, que de mourir comme des mouches ! Ils ont donc fait le vide devant l'ail romain en marche, voilà tout, et c'est ainsi et non pas autrement, que les Gaules ont pu être conquises si rapidement ! Telle est la vérité historique. Et alors, prenant exemple sur mes sages infortunés ancêtres, j'abandonne à mon tour la Gaule et Versailles aux gens du Midi ! Dans quinze jours je serai à Copenhague, chez mon bon ami Tausen, en sûreté...

— Monsieur Barnabé ?

— Oui, madame Montataire !

— Monsieur quitter Versailles ? allons donc !

— Oui, madame, et, comme dit le poète :

Je vais chercher au nord un asile écarté,
Où, de manger sans ail, on ait la liberté.

— A l'âge qu'a monsieur!.. Tout seul !.. avec ses manies ?

— Mais, veuve Montataire, si votre âge, à vous, me fait une loi de ne pas relever vos impertinences, le mien à moi, me paraît encore fort propre aux voyages. Me croyez-vous cent vingt ans, par hasard ?

— Non. Mais monsieur en a bien quarante et des...

— Eh bien, non, madame Montataire ; j'en ai quarante et des... comme, vous, vous dites n'en avoir que quarante et cinq, et cela depuis sept ans que vous usez mes plumeaux ! Les apparences sont trompeuses, madame, en ce qui me concerne, du moins, et vos yeux manquent de perspicacité, voilà pour votre gouverne ! J'ai trente-huit ans, et c'est bien assez.

— Eh bien, là, franchement, on ne le croirait pas du tout...

— Oui, je vous comprends. Mais à qui la faute, si j'ai l'air à présent d'un long et triste quinquagénaire ? — A l'ail !! — A l'ail, qui m'a miné de fond en comble, et dont on m'abreuve, à mon insu, dans toutes les maisons où je dîne maintenant. Vous voyez donc bien, que pour me refaire, de pied en cap, que pour que je m'épanouisse, que pour que je refleurisse de nouveau, il est urgent que j'aille me mettre enfin au vert, et à l'abri de toute cuisine méridionale surtout, chez mon ami Tausen, de Copenhague...

— Mais, Jésus-Sauveur-des-hommes! Qu'est-ce que je vais devenir, moi, pendant que vous serez là-bas, avec les ours blancs ?

— Il n'y a point d'ours blancs en Danemark, d'abord. Ensuite, vous continuerez à tenir l'appartement en ordre, comme si j'étais toujours là. Maître Cabestan, mon notaire, que vous connaissez, a reçu mes instructions à cet égard, depuis ma dernière attaque d'ail. — Il y a du reste pas mal de temps déjà que je me dispose à prendre mon vol. La vue perpétuelle de l'immobilité des éternelles statues du Parc m'avait autrefois inspiré, et c'était bien naturel, un impérieux désir de mouvement et de voyages. Ma première aile est née de là. Mais j'hésitais encore. Je patientais. C'est le débordement sans arrêt des ragoûts du Midi, dans Versailles, qui a fait pousser, depuis, ma seconde aile. Aujourd'hui que je les ai toutes les deux, et qu'elles frémissent au vent, je vais en user et prendre enfin l'essor ! En avant pour le Nord ! Il y a des effrénés qui disent : « voir Naples, et mourir »! Moi, je crie : voir le Nord, — et vivre !

— Oh ! c'est affreux ! et quand reviendra Monsieur ?

— Je l'ignore. Mais, au plus tôt, dans quelques mois, sans aucun doute. Du reste, je vous enverrai de mes nouvelles. Allons, allons, mère Montataire, soyez sans inquiétude. Malgré mon extérieur malingre, j'ai du jarret, du biceps et de la tête. Vous me verrez revenir ici frais comme une rose. Séchez donc vos larmes !

Madame veuve Montataire s'essuyait en effet les yeux. Elle s'était levée pendant cet étrange entretien, et d'une main expérimentée, quasi maternelle, elle avait refait admirablement le lit de son cher et bizarre maître, d'un air tout à fait affligé.

— Je ne pleure pas, monsieur, disait-elle, en tapotant, pour les aplanir, sur les molles collines des oreillers remis en place, mais vraiment ça me semble bien triste de voir monsieur quitter un si bel appartement pour aller vagabonder, comme ça, en hiver, nuit et jour, dans les wagons, sur la mer peut-être, quand monsieur a ici un si bon lit et un si bon *égledon*!..

— Edrédon, madame Montataire, édredon ! Voilà plus de cent fois que je vous reprends là-dessus.

— Oui, monsieur. — Mais, c'est égal, allez, je doute que monsieur en trouve là-bas, chez les sauvages, des *égledons* comme celui-ci, tout duvet, et pas un brin d'oie, bien sûr !

— Ma foi, ma bonne dame, je vous avoue que j'ignore totalement où ils poussent, les Edredons ! Si je le découvre dans mes voyages, je vous en ferai part, soyez-en certaine. Mais que j'en trouve ou que je n'en trouve pas chez mon brave Tausen, à Copenhague, là n'est pas la question. La question importante pour moi, c'est d'échapper à la mort, et pour cela d'arriver au plus vite, chez ce bon garçon, où j'oublierai enfin l'ail délicieusement ! Par conséquent, veuve Montataire, vous allez, sur-le-champ, vous occuper de mes effets, de mon linge et de ma malle, pendant que je cours à l'étude de maître Cabestan, malgré mes souffrances, afin de lui donner avis de mon départ imminent. Il aura lieu ce soir même, madame !

Et, par ce piquant matin d'avril, M. Barnabé arpentait bientôt, d'un pas impatient, les pavés à dos ronds de la rue de l'Orangerie, à Versailles, en sifflant des dents comme un faible serpent à sonnettes, tandis que dans l'appartement qu'il allait déserter, pour longtemps peut-être, Mme veuve Montataire examinait d'un œil sagace, mais navré, les boutonnières des chemises du futur voyageur.

Je doute que Monsieur trouve chez les sauvages des « Egledons » comme celui-ci.

CHAPITRE II

L'honorable Me Cabestan, notaire, avait été prévenu, en effet, à plusieurs reprises, et récemment, par M. Barnabé, de l'intention où était celui-ci d'entreprendre, un jour ou l'autre, un voyage lointain de quelque durée; et, selon les désirs de son client, il avait mobilisé une partie de ses revenus, qu'il tenait à sa disposition.

Aussi la première réquisition de M. Barnabé ne le prit pas au dépourvu, et, chose rare, moins d'une demi-heure après son entrée dans le cabinet du notaire, l'impatient ennemi de l'ail recevait ès mains, en espèces ayant cours, un morceau important de ce qu'on appelle le nerf de la guerre, c'est-à-dire une forte somme.

Mais si le digne officier ministériel s'attendait, depuis quelques semaines, à la visite soudaine de son client, en revanche il fut confondu d'étonnement quand, après avoir serré en lieu sûr les paperasses et reçus signés par M. Barnabé, et lui ayant demandé en style classique « vers quels parages il comptait désormais porter ses pas », il vit M. Barnabé tirer sa montre de son gilet, choisir, entre les breloques dont cette montre était accompagnée, un petit cadran muni d'une aiguille mobile, et, sans prononcer une parole, lui mettre sous le nez ce petit cadran, d'aspect nautique.

— Eh ! quoi !.. Qu'est-ce ! s'écria le notaire, reculant la tête. Que voulez-vous dire ? Eh bien, mais... c'est une *marinette*, mon cher monsieur Barnabé ! C'est une *marinette !*

— Mon cher maître Cabestan, vos yeux ne vous trompent point, dit enfin M. Barnabé. Libre à vous d'appeler ce petit instrument, si nous étions encore au temps de Christophe Colomb, une *Marinette*. Mais c'est en effet une belle et bonne boussole, malgré ses dimensions lilliputiennes. Cela étant — et, quoique notaire, vous ne pouvez l'ignorer — qu'indique, que proclame l'aiguille de ma boussole ? Le Nord, mon bon ami, le Nord ! Eh bien, c'est vous dire que je m'en vais dans le Nord, à Copenhague !..

— A Copenhague ! s'écria d'abord Me Cabestan, qui se souleva de surprise.

Puis il ajouta, en riant, mais en se rebiffant :

— Pardon, pardon, mon bon ami, et permettez-moi — quoique notaire comme vous dites — de vous faire remarquer une chose. Vous faites le fier avec votre boussole, mais n'oubliez pas que, si vous aviez l'intention de suivre à la lettre, en partant de Paris, les indications de votre *marinette*, vous n'arriveriez nullement au Nord géographique et astronomique, et vous seriez loin de passer par Copenhague... Oh ! mais...

— Hein ?

— Parfaitement — et, quoique futur voyageur, vous ne pouvez l'ignorer — l'aiguille aimantée est sujette à de perpétuelles variations, entre autres, à des *déclinaisons*, c'est le mot, séculaires, annuelles, sans parler des oscillations quotidiennes qu'elle subit matin et soir. En thèse générale, en langage courant, elle indique le Nord. Mais le Nord, précisément, le Pôle boréal, non, et, depuis que nous l'utilisons, elle ne l'a indiqué qu'en 1656, mon cher M. Barnabé...

— Vous dites ? Votre science me confond !

— Avant 1656, reprit le notaire, sa déclinaison était à l'Est. Revenue au Nord juste, à cette époque, l'aiguille a, depuis, décliné constamment, à l'Ouest, jusqu'en 1832. Alors sa déclinaison était de 23 degrés, 13 minutes. Puis elle a recommencé à revenir vers le Nord; mais, actuellement, elle en est encore distante et toujours à l'Ouest, de près de 16 degrés. Donc, si, à vol d'oiseau, vous suiviez tout droit l'indication présente de votre *marinette*, elle vous mènerait... en Islande... au Groënland, au diable !... Ce serait évidemment encore un joli Nord, un Nord à vous ravir, mais non le Nord réel, géographique; et, en tout cas, vous passeriez à une fameuse distance à l'Ouest de Copenhague... mon cher client...

— Vous croyez ?

— J'en suis sûr, quoique notaire, je le répète.

— Eh bien, alors, et les marins ?

— Les marins, eh bien, mais, c'est

très simple, ils cinglent vers le Nord réel, quand cela leur fait plaisir, à l'aide des indications de la boussole, bien entendu, mais en les rectifiant, ce qui est facile, puisqu'ils connaissent sa déclinaison au moment où ils la consultent. Mais je dois vous avertir en outre que, sur les modernes bateaux tout en fer, de la quille aux mâts, la pauvre boussole, hélas ! subit de terribles perturbations dont il est peu commode encore de se rendre compte et de se garer, et elles peuvent amener d'affreux sinistres...

— Ah ! diable !... Mais alors ce ne sera pas par mer, comme j'en avais l'intention, que j'irai à Copenhague ! Ayant pour but de me promener, de cesser de manger de l'ail (ici le notaire ouvrit des yeux énormes) et de ne plus circuler, en rond, autour des concerts militaires du Parc, comme je le fais depuis dix ans tous les dimanches d'été, j'avais eu l'idée de m'embarquer à Dunkerque et de me rendre par eau chez mon ami Tausen; mais j'y renonce! Je prendrai le chemin de fer, c'est plus sûr. Il ira dans le Nord où j'ai affaire, sans erreur.. et sans accident.

Eh bien, mais... c'est une marinette.

— Hum ?

— Il n'y a pas de *hum !* mon cher maître. — J'en verrai la farce en quelques jours au plus. Paris. — Hambourg. — Et les Lignes qui, après la frontière allemande, traversent le Jutland, la Fionie et la Seeland. Voilà ma route. Pas de traversées...

— Pardon !..

— Oh ! oui, je sais, entre le Jutland et la Fionie, il y a le Petit Belt, et, entre la Fionie et la Seeland, le Grand Belt. Mais on passe d'une île à l'autre, à la vapeur, et les capitaines connaissent leur route comme leur poche, et s'ils consultent la boussole, c'est par pure politesse. Donc, je ferai le voyage par terre, à peu de chose près...

— Et je vous le souhaite, de plus, infiniment heureux, votre voyage, mon cher monsieur Barnabé.

— Et moi, en déclarant que vous êtes un notaire tout à fait exceptionnel, maître Cabestan, je vous remercie de vos souhaits et des soins que vous donnerez à mes affaires, en mon absence. Je vous recommande Mme Montataire, ma gouvernante. Vous pouvez avoir en elle toute confiance...

— Certainement ! A bientôt donc, mon cher monsieur...

— A bientôt ? non. Mais je serai de retour dans quelques mois. Vous serez prévenu de l'époque. Mais je me hâte de vous quitter ... Quelques dernières dispositions à prendre ... J'abandonne Versailles ce soir.

— Ce soir ! mais vos nombreux amis ! Mais les visites, les dîners d'adieu et les cartes P. P. C. ?

— Je pars à la sourdine sans voir personne. Je veux éviter les questions, les étonnements, et surtout les objections. J'enverrai lettres et cartes Pour Prendre Congé, de Copenhague, où mon vieil ami Tausen, un négociant important, qui ne m'attend pas, va être bien surpris de recevoir ce soir, ou demain, un télégramme qui me précédera seulement d'une soixantaine d'heures...

— Rien ne vous arrête ! C'est la poudre en personne !

— Vous l'avez dit ! Je suis un canon qui a été dix ans à se charger, mais à la fin il fait explosion, et nulle puissance humaine ne peut maintenant retenir le projectile. Ce sont les Sarlaboux qui ont mis le feu à la culasse, hier, avec leur ail misérable!..

— Les Sarlaboux ? Ah ! mon Dieu !

Ici le notaire ouvrit de nouveau des yeux énormes, et se passa la main sur le front d'un air égaré.

— Je vous expliquerai plus tard ce que signifie ce propos. Mais je n'en ai pas le temps aujourd'hui. Au revoir, mon bien cher monsieur Cabestan... Si, par hasard, je... enfin, si je décédais en voyage, car il faut tout prévoir, eh bien, vous savez ce qu'il y aurait à faire ? Vous avez dans les mains, depuis le mois dernier...

— Votre testament ? Oui, car vous n'êtes pas de ceux, heureusement pour nous, qui croient...

— Mourir une fois leur testament fait ? Non. Pure superstition ! j'en suis incapable.

— Ma foi, au nom du notariat, je vous en félicite, car la superstition en question, mon bon ami, faisant remettre de jour en jour, et à la dernière minute, l'acte en question, il arrive, le plus souvent, que l'acte n'est jamais fait, et le notariat, par conséquent...

— Se voit privé d'une part de ses revenus les plus clairs ?..

— Hélas !

— Du reste, je n'ai que des parents très éloignés, et mes affaires sont en ordre. Ce sont des amis, d'anciens serviteurs et quelques institutions utiles et pratiques qui héritent de moi.

— C'est entendu, et c'est réglé. Partez donc tranquille, et mourez de même, non, je veux dire: revenez de même.

— Je l'espère bien ! Et cette fois, adieu !

Et comme une certaine émotion avait, à la fin, gagné les deux interlocuteurs, au lieu de se tendre la main, et de se borner à se l'étreindre réciproquement, l'ennemi de l'ail et le notaire s'ouvrirent et se tendirent les bras, et s'embrassèrent de la façon la plus grave, et la plus comique à la fois, car ce fut comme Polichinelle et le Gendarme, en se cognant mutuellement, le nez d'abord, dans leur précipitation, et ensuite en croisant leurs visages, joue à joue, tantôt à gauche, tantôt à droite.

M. Barnabé remarqua, en cet instant suprême, avec un certain frisson, que M⁰ Cabestan ne s'était pas fait la barbe depuis au moins deux jours, et que le *regain* de ses favoris était diablement piquant.

Si bien qu'en redescendant l'escalier de l'étude, M. Barnabé murmurait en se frottant le menton.

— Très fort sur la boussole, l'ami Cabestan. Mais il se néglige, c'est certain, et la *marinette* lui fait oublier la savonnette !

Le notaire ouvrit de nouveau des yeux énormes.

Après quoi, il serrait les dents, et imitait encore une fois le sifflement du serpent irrité.

Quant à M⁰ Cabestan, redevenu seul, et de nouveau bien établi dans son bon fauteuil, il grommelait, en soufflant avec force :

— Voilà un bien singulier bonhomme ! Excellente nature, ce pauvre Barnabé. Mais, est-ce l'effet de son départ impromptu, il empestait cruellement l'ail, comme un vrai déchargeur de blés de Marseille ?..

. . . .

Quatre jours plus tard, M. Barnabé dévagonnait à la nuit tombante dans la capitale du Danemark, ahuri, furieux, malade et mourant de faim.

Depuis Hambourg, il n'avait vécu que de gâteaux secs arrosés de thé faible, par prudence !

Et pourquoi ? Parce qu'à Hambourg il avait eu la funeste pensée, ainsi qu'il l'expliquait à un voyageur français, devenu son compagnon de compartiment de Korsor à Copenhague, —

de vouloir goûter aux fameuses salaisons et fumaisons de Hambourg, et qu'il y avait trouvé, à n'en pouvoir douter, des traces de l'ail exécrable du Midi.

— Et l'ail est si bien un poison, mon cher compatriote, ajoutait-il, que, lorsqu'on brûle de l'arsenic, l'odeur fétide et morbide qui se répand, c'est précisément celle de l'ail ! C'est bien connu. Consultez les chimistes.

Le voyageur français, qui était de Bordeaux, avait protesté, et répliqué avec autant d'accent que de colère qu'au contraire l'ail était une panacée universelle, un véritable bienfait de la nature, et qu'il guérissait de la pierre, de la fièvre, des microbes, etc., etc.

— Oui, mais il empoisonne parfaitement ceux qui n'ont ni microbes, ni fièvre, ni gravelle, rétorquait M. Barnabé. Et c'est mon cas, monsieur !

Une discussion s'engagea à ce propos. Mais les deux compagnons de wagon n'ayant pu se mettre d'accord, la discussion, d'abord cordiale, passa à l'aigre très vite, et ils se tournèrent le dos, muets tous deux et ennemis jurés désormais.

Ils s'embrassèrent de la façon la plus grave.

C'est ce qui explique comment M. Barnabé, quatre jours après sa fuite de Versailles, se trouvait dans la gare terminus de *Kjobenhavn* (que nous prononçons Copenhague) seul comme un pauvre orphelin, ahuri, furieux, malade, mourant de faim, et, de plus, aussi surpris qu'indigné de ne pas apercevoir, tendant les bras vers lui, son vieil ami Tausen, à qui cependant, comme il l'avait dit au notaire, il avait télégraphié le jour et l'heure probable de son arrivée sur les bords du Sund.

— Les voilà bien, les amis de collège, gémissait-il. Il y a vingt ans qu'on ne s'est vu, mais qu'on s'aime, qu'on s'écrit, qu'on s'invite, de part et d'autre à renouveler connaissance, soit chez l'un, soit chez l'autre, et va te promener ! personne au débarqué pour recevoir celui des deux qui vient le premier voir l'autre, après un voyage hérissé d'aulx et d'insomnies...

Comme il proférait ces plaintes amères, un jeune homme d'excellente tenue, d'une blondeur extrême, avec des joues roses et des yeux bleus clairs, qui l'examinait depuis quelques instants, s'approcha de lui, le salua, et lui dit en bon français:

— Serait-ce à M. Barnabé, de Versailles, que j'ai l'honneur de souhaiter la bienvenue?

— Parfaitement, et je vous remercie, mais vous voyez ce M. Barnabé, de Versailles, dans une situation bien triste, pour le moment. Je suis mourant.

— Ce n'est rien! Et pardonnez-moi si je vous ai fait attendre quelques secondes. Je vous cherchais dans la foule. Je viens de la part de M. Tausen. Je suis son premier commis. M. Tausen ne pouvait rester en ville aujourd'hui. Une importante affaire, imprévue, l'en a éloigné. Il est désolé. Il m'a chargé de l'excuser, et, en son absence, de prendre soin...

— Allons, bon ! j'arrive et Tausen est parti. Cela est fait pour moi.

— Vous le verrez certainement demain matin. Pour ce soir, veuillez accepter mes services, me permettre de m'occuper de vos bagages, d'abord, et me laisser ensuite vous piloter jusqu'à la maison de votre ami... où tout est préparé pour...

— Très obligé de votre complaisance, monsieur; je m'abandonne à vous entièrement, corps et âme. Je n'ai plus la force de rien faire.

— Monsieur a fait un voyage fatigant et long, et sans arrêts sans doute ?

— Epouvantable ! Je suis un hom-

Vers onze heures du matin, il sonna avec énergie.

me à l'agonie. Aussi, une fois arrivé chez Tausen, je ne vous demanderai qu'une seule chose, un lit, un simple lit, mon cher monsieur,... oui;... et, peut-être... une mince bouchée, avant de me mettre entre les draps,... un rien... un peu de... poisson, par exemple,... et un peu de poulet froid... une miette,... et un peu de légumes... ce sera tout!... avec un bout de fromage, mon Dieu !.. et une cuillerée de confiture, je suppose, et du café,... oui, je le supporte le soir, et ce sera tout le bout du monde,... avec un peu de cognac, ou de kummel, pas ça de plus, et vous m'aurez sauvé la vie...

Le commis principal de M. Tausen s'inclina sans mot dire, très gravement, devant ce mort qui demandait à manger comme deux (comme deux vivants, bien entendu) et il l'emmena bientôt, suivi de ses malles, hors de la gare.

CHAPITRE III

M. BARNABÉ S'ÉLÈVE DE PLUS EN PLUS
VERS LE NORD

Terrassé par un invincible besoin de dormir, à l'issue du copieux souper qu'il engouffra, en le traitant de légère collation, chez son ami Tausen, M. Barnabé resta étendu sur la plus moelleuse des couches, pendant quatorze heures pleines. Mais si la couche était moelleuse, et si le sommeil fut long, en revanche le repos que prit ainsi l'échappé de Versailles fut incessamment traversé par des cauchemars terribles et de nombreux accès d'une soif ardente.

Mais, enchaîné qu'il était en quelque sorte par son extrême lassitude, c'est en vain qu'il essaya, à différentes reprises, pour atteindre le cordon de sonnette, de faire un mouvement quelconque. Il ne le put et dut se résigner, dans son impuissance à secouer sa torpeur, à souffrir, immobile, anéanti.

Vers onze heures du matin seulement, il reprit enfin quelque peu possession de lui-même, et sonna avec énergie.

A son bruyant appel, ce fut le commis principal en personne, inquiet déjà du somme prolongé de l'hôte de son patron, qui répondit et se présenta, souriant avec douceur, dans la chambre du voyageur.

— A boire ! cria celui-ci d'une voix étranglée, en saluant le jeune homme d'un faible hochement de tête, à boire !

Le commis principal, bouleversé par l'aspect de la face pleine d'angoisse de M. Barnabé, se hâta d'aller quérir et de rapporter lui-même les éléments d'un rafraîchissement à l'eau de Seltz.

— *Welbekommen !*

— Welbe... quoi ?

— *Bien vous fasse*, monsieur. C'est notre souhait national, en pareille circonstance.

— Vous êtes bien bon. A votre santé ! comme nous disons, nous autres. Et, maintenant que ce breuvage m'a rendu pour quelques instants la parole et le calme intérieur, faites-moi la grâce, je vous en conjure, d'aller vous informer auprès de la cuisinière...

— Kristine ?

— Va pour Kristine ! mais, je vous en prie, allez lui demander si, par hasard, hier soir, elle n'aurait pas glissé de l'ail dans...

— Oh ! si, monsieur Barnabé, si, dans tout ! — répondit le premier commis avec un nouveau sourire où se lisait le plus parfait bonheur, et c'est moi-même qui ai eu l'idée de la chose.

— Grand Dieu !

— Mais j'ai eu bien du mal à m'en procurer ! J'ai couru toute la ville, hier, pour en avoir. C'est le chef de l'hôtel d'Angleterre, qui est de Toulouse, qui m'a cédé un peu de la précieuse substance. Il la gardait pour son usage personnel. Mais je l'ai vaincu par mes instances. J'aurais été désespéré de ne pouvoir offrir à un Français comme monsieur, à son arrivée, des mets qui ne fussent pas à la mode de son beau pays.

En écoutant cet aveu ingénu, et devant l'air de satisfaction débordante de joie de l'innocent commis, M. Barnabé avait pâli, au lieu d'éclater comme un volcan, il se sentit totalement désarmé. Pourtant il resta muet d'horreur pendant un bon moment.

— Est-ce que Kristine n'en aurait pas mis suffisamment ? demanda le brave danois aux joues roses, en secouant sa longue tête blonde avec inquiétude et regret.

— Oh ! si, mon cher garçon, si, il y en avait assez!.. assez, ajouta mentalement le Versaillais, pour incendier les entrailles de tout un·régiment et l'asphyxier ensuite !..

— Tant mieux, soupira le commis, soulagé, car il avait d'abord douté du succès de sa délicate attention. C'est que, voyez-vous, reprit-il, à la maison, c'est un début.

— Il a été fort brillant, je vous en réponds, mon cher, et je ne puis que vous en féliciter. Mais laissons là ce sujet. Donnez-moi les nouvelles. Mon ami Tausen est-il levé ? Il me tarde d'aller lui sauter au cou. S'il dort, ne l'éveillez pas. Je veux le surprendre au saut du lit. Vous allez me conduire à son appartement. Un ami de vingt ans !

Tandis qu'il parlait de la sorte, M. Barnabé avait procédé à une toilette sommaire, et il se disposait à suivre le commis dans les détours de la maison de son hôte, en se promettant bien d'avertir sévèrement ce dernier qu'il le quitterait pour jamais si Kristine tentait de l'empoisonner de nouveau, quand le blond commis ,toujours souriant, lui dit :

— Monsieur Tausen est absent.

— Encore absent ? pas possible ! mais alors, c'est qu'il refuse de me voir ! c'est clair !

— Oh ! non ! mais les affaires!.. Du reste, il y a une lettre pour monsieur, que j'ai reçue ce matin avec mon courrier. La voici.

— Mais que vais-je devenir ici, moi, tout seul ! s'écria le Versaillais en déchirant l'enveloppe de la lettre de son ami.

— Monsieur me fera l'honneur de m'accepter pour cicérone dans Copenhague. Nous avons d'admirables musées, et des châteaux qui, même à côté de celui de Versailles, sont magnifiques et curieux, et puis nous avons nos parcs, nos bois, nos hêtres uniques...

Mais monsieur Barnabé ne l'écoutait pas. Il parcourait la lettre de son ami avec stupeur, avec indignation...

— Monsieur, continua paisiblement le commis, sera sans doute heureux de voir aussi les chefs-d'œuvre et le tombeau de notre grand sculpteur Thorwaldsen...

— Tausen m'annonce qu'il est en route pour... pour Trondhjem ! hurla M. Barnabé. C'est insensé !

— Pour Drontheim, en Norvège, oui, monsieur...

— Drontheim ?... non, il m'écrit Trondhjem.

— On prononce Drontheim, monsieur. C'est un comptoir maritime des plus importants, et le plus voisin pour les pêcheurs des îles Lofoten. Or, en ce moment, la pêche, là-bas, est dans son plein, et les plus grosses affaires, pour notre maison, se traitent à Drontheim. M. Tausen croyait, hier encore, pouvoir se dispenser, en votre faveur, de faire ce voyage, mais il a reconnu que cela lui était impossible, avec bien du regret. L'avis de votre arrivée rapide l'a pris au dépourvu. Bref, il est parti... Il le déplore, et il me fait l'honneur de me charger...

— De me faire prendre patience, oui, c'est ce qu'il me dit. Il sera tout à moi dans quelques semaines, à moins, ajoute-t-il, que je n'aie la fantaisie, puisque je suis entrain de prendre du galon, en fait de voyage, de venir le rejoindre à ce Trond... Drontheim...

— Eh mais, c'est une excellente idée, cela, et, après avoir visité notre ville et rêvé devant notre Sund couvert de vaisseaux, il vous serait facile, en effet...

— Moi ! rester un jour de plus ici !.. abuser de votre complaisance!.. et, continua tout bas M. Barnabé, avaler les épices de cet affectueux animal ! non, je n'en sortirais pas vivant ! — Non, mon cher garçon, reprit-il à haute voix, non, je vais aller le retrouver là-bas, dans son Drontheim, ce fuyard de Tausen. Il semble me défier ? Parbleu, je lui ferai voir ce qu'un Versaillais bien constitué est capable de faire !

— Ce n'est pas un voyage désagréable, du reste, monsieur, et, sauf la saison qui est encore rude à supporter, pour un étranger, il n'a rien d'impraticable. Un vapeur vous mettra rapidement, à Malmö, en face de Copenhague, sur la côte suédoise, et vous y prendrez les lignes ferrées qui, par Christiania, vous mèneront à Drontheim, à travers des paysages plus sévères que riants, à cette époque, il est vrai, mais tous d'une bien vive originalité.

— Hum ? je suis bien dégoûté des chemins de fer et de leurs buffets...

— Eh bien, alors, monsieur peut aller, par mer, de notre port même à Drontheim. Les occasions sont nombreuses en ce moment. Le voyage est curieux. Monsieur fera escale aux plus célèbres villes de la côte de Norvège, et pas de transbordements, pas de nuits dans des wagons; mais des cabines chaudes, larges et bien closes, d'excellentes machines, et une bonne nourriture...

— Ah ! oui.., une nourriture à la mode de.. Kristine ?

— A la mode de France ? — Hélas, non, — malheureusement pour vous, non, pas d'ail du tout, par là, monsieur.

— Tiens, tiens ! mais alors ce que vous me dites là me fait réfléchir... et me tente. J'ai bien envie de suivre votre conseil. Je ne suis pas sujet au mal de mer. Une seule chose m'inquiète encore pourtant. Il paraît que les boussoles ne sont pas très sûres à présent. Est-ce que vos capitaines de navires connaissent bien leur nord ? Ils ne le perdent jamais, hein?

— Ah! monsieur, pour cela, je puis vous en répondre, s'écria chaleureusement le commis, bien que je le dise moi-même. Ils sont les dignes descendants des *Wickings*, des *Rois de la mer*. Pour nos pilotes, ils sont incomparables. Quant aux pilotes norvégiens, ils ont une telle connaissance des moindres points de repères, des plus petits *amers* des côtes de leur pays, qu'ils gouvernent, on peut le dire, à l'œil, même en temps de brouillard, et se servent à peine des boussoles.

— Ah ! j'aime mieux ça. Oui, mais enfin, la mer, la Baltique, dans vos détroits, dans vos *Sunds*, comment est-elle ?

— Très poissonneuse, monsieur.

— Je n'en doute pas. Mais je n'ai pas l'intention de pêcher. Je vous demande si les sinistres y sont fréquents.

— Oh !.. pas plus qu'ailleurs. Il y a

Il parcourait la lettre avec indignation.

du vent et du flot dans le Skager-Rack, parfois, mais, à la vapeur, vous pouvez compter arriver sans naufrage.

— Comme M. Dumollet, alors !..

— Je n'ai pas l'honneur de le connaître.

— Je m'en doute bien. Mais c'est une chose entendue. Je m'en irai par mer à votre Trondj... Drontheim. Après le déjeuner — où je vous conjure de me faire savourer uniquement vos plats nationaux, pour cette fois — vous me conduirez au port, et vous m'aiderez à y choisir un bon petit navire... et un petit navire, ajouta M. Barnabé, en chantonnant, qui ait déjà, ja, ja, bien navigué...

Le commis principal, un peu étonné des façons de parler et d'agir de l'hôte de son patron, s'inclina devant lui, et sortit de la chambre pour lui laisser toute liberté de terminer sa toilette à loisir.

Ce qu'exécuta M. Barnabé en avalant, de temps à autre, un large verre du rafraîchissement qui lui avait été apporté par le trop obligeant commis.

... Pour lui laisser terminer sa toilette à loisir.

CHAPITRE IV

M. BARNABÉ REDESCEND VERS LE SUD

M. Barnabé s'embarqua le lendemain sur le *Willemöes*, un petit mais solide steamer, excellent marcheur, appartenant à un négociant de Drontheim, et qui retournait justement à son port d'attache.

Le *Willemöes* était, comme dit la chanson, un charmant bateau, le plus beau des bateaux, qui n'avait qu'un seul défaut.

Ce défaut, c'était celui d'exhaler une senteur de hareng saur et de *stockfish* assurément savoureuse au début, et capable de réveiller l'appétit d'un mort, et ce mort lui-même, mais de force aussi à l'asphyxier ensuite par la violence de ses effluves empyreumatiques. On eût dit que le navire, de l'étambot à la pointe de ses mâts, avait été trempé et confit dans une saumure concentrée, pendant des siècles.

M. Barnabé s'y habitua pourtant; mais une chose à laquelle il s'habitua beaucoup moins vite, et non sans murmurer, ce fut aux manifestations retentissantes de la passion terrible qui dévorait le capitaine et son second.

Ces deux officiers étaient les gens les plus aimables du monde, gais, peu bavards, pleins de cordialité; mais, quotidiennement, ensemble ou tour à tour, ils s'abandonnaient à un sport inconnu jusque là sur « la plaine liquide », et, dans les premiers temps, le sommeil de M. Barnabé en fut notablement raccourci.

Si le repos du voyageur en était troublé, le service du bord ne s'en ressentait nullement, car deux pilotes côtiers, pris çà et là aux escales, dirigeaient alternativement le navire dans la bonne route, nuit et jour.

Quelle était donc cette passion sans frein dont était possédé l'état-major du *Willemöes*.

Nous y arrivons.

Quelques jours après son départ, M. Barnabé, interné dans sa cabine, et étendu dans son cadre, goûtait un matin avec délice un sommeil parfait, exempt enfin de toutes préoccupations relatives à l'ail. Depuis Copenhague, rien en effet n'avait décelé à bord la présence de ce bulbe brûlant. Il dormait donc à poings fermés, et sur les deux oreilles — alternativement — (à cause du roulis), quand il fut tiré de cet heureux état par un bruit singulier, au-dessus de sa tête, par une sorte de grondement, de roulement étouffé, tantôt croissant, tantôt décroissant, mais continu, qui ne lui semblait pas provenir de la rotation de l'arbre de couche de la machine ou de la course des pistons.

C'était un bruit étrange, inexplicable.

M. Barnabé dressa l'oreille, contrarié, surpris, inquiet à la fin.

— Est-ce le frottement des maillons d'une chaîne dans la poulie d'une grue, se dit-il? Non. On dirait plutôt qu'on traîne un chariot d'un bout du pont à l'autre. Que veut dire ceci?

Ne pouvant se rendre compte par

Atteints, jusqu'aux moëlles, par la rage moderne de la bicyclette, et sans cesse privés, par leur profession, de s'y adonner sur terre, ces messieurs s'étaient déterminés à en goûter les joies sur les flots mêmes !

Par égard pour leur passager, ils avaient fait diète de bicyclette pendant les premiers jours du voyage, mais, quand on eut doublé le cap Lin-

Il fut tiré de son sommeil par un bruit singulier.

l'ouïe et le raisonnement de la cause de ce roulement qui redoublait de persistance, et désespérant d'ailleurs de recouvrer le sommeil qu'il lui avait fait définitivement perdre, M. Barnabé se leva, de mauvaise humeur, et monta sur le pont, afin de juger des choses *de visu*.

Et que vit-il, en y arrivant ?

Il vit, et avec quelle stupeur ! le capitaine et son second, tous deux juchés de la façon la plus disgracieuse sur les selles de deux bicyclettes, et pédalant d'une façon désordonnée, de l'arrière à l'avant, et· *vice versa*, à travers tous les obstacles possibles, en dépit du roulis et du tangage.

desness, le cap le plus méridional de la Norvège, se sentant dans leurs eaux, ils n'avaient pu se contenir plus longtemps, et avaient enfourché leurs bien-aimées montures avec une ardente gravité.

M. Barnabé n'en pouvait croire ses yeux.

Il ne dit mot, n'en ayant pas la force dans l'excès de sa surprise, et retourna dans sa cabine, en proie à une vive agitation. Assis, d'un air abattu, il se dit enfin avec un soupir :

— Des *vélos* marins ! Il ne manquait plus que cela. Ah ! le progrès ! le progrès ! — Oui, mais j'ai bien peur, maintenant que la manie anglo-

française de ce sport a gagné les marins du Nord eux-mêmes, j'ai bien
peur que nos autres goûts, et notamment l'acceptation du joug de l'ail,
ne leur soient inoculés aussi bientôt.
Et alors je serai définitivement perdu
et il ne me restera plus qu'à faire
naufrage dans une île déserte et in-
culte, si je veux vivre encore quelques années tranquille, sans fièvre,
sans digestions amères !..

Mais, en dépit des tristes prévisions
du voyageur, si le roulement furieux
des bicyclettes sur sa tête alla en em-
bellissant, chaque matin, d'un bout à
l'autre du voyage, en revanche l'ail
resta parfaitement invisible dans les
très nombreux repas que M. Barnabé
prit à bord jusqu'à la dernière heure
de la traversée.

Ceci le consola de cela !

Et quand le *Willemöes*, après avoir
joué comme à cache-cache, pendant
des centaines de kilomètres, avec les
milliers d'îles, îlots, récifs et écueils
égrenés sur les côtes norvégiennes, arriva au fond du *fiord* où est situé
Drontheim, M. Barnabé, souriant, rasséréné, digérant à merveille, engraissé
même, était dans les meilleures dispositions du monde pour trouver la vie
supportable, même si loin du Tapis
vert et de la Pièce d'eau des Suisses,
si chers à son cœur.

A peine débarqué, il se fit mener à
l'hôtel où, selon les instructions du
commis principal et celles de son ami
Tausen, il devait enfin rencontrer celui-ci Mais, à l'hôtel, on lui apprit
que M. Tausen devait, pour le moment, se trouver au port, à bord de
l'*Olaf*, en partance pour Kristiansund.

— Kristiansund ! Qu'est-ce que Kristiansund ?

— C'est une jolie ville, sur la côte,
un peu plus bas, dans le Sud, à deux
pas, ajouta le directeur de l'hôtel, un
Suisse gracieux. On y fait un grand
commerce avec l'Espagne et le Portugal !

— A deux pas ! Dans le Sud ! Miséricorde !

— Oui, et si vous tenez à voir im-
médiatement M. Tausen, qui, du reste,
sera de retour à la fin de la semaine,
hâtez-vous de courir au port.

— Certes ! je n'en aurai pas le dé-
menti ! je le suivrai jusqu'au bout du
monde !

M. Barnabé fit rebrousser chemin à
ses bagages, et, hors d'haleine, galopa
jusqu'au port, sans même vouloir toucher aux trente assiettes chargées de
hors-d'œuvre succulents qui consti-
tuent, en Norvège, un léger apéritif
avant tous les repas, assiettes que lui
offrait le bon Suisse.

L'*Olaf* était sous vapeur, et on allait
retirer la passerelle qui le joignait au
quai, quand M. Barnabé se précipita,
avec ses malles, comme une trombe,
sur le pont.

Ce fut un gros homme aux longues
moustaches de pirate qui le reçut
dans ses bras. Ce gros homme était
M. Tausen. Le voyageur le reconnut à
l'instant.

M. Tausen étreignit sur son cœur
l'ami dont il était séparé depuis vingt
ans.

Mais M. Barnabé, se soustrayant
aux embrassements de son camarade
de collège enfin rejoint, lui fit sur-
le-champ une véhémente querelle, et
se plaignit à grand bruit de son indi-
gne conduite au vif étonnement de
l'équipage de l'*Olaf*. Sauf les larmes,
il se comporta comme une dame nerveuse, longtemps comprimée, et qui
fait explosion enfin.

M. Tausen, souriant et calme, essuya l'orage sans mot dire, fit apporter un liquide réconfortant, quelques
tartines de pain noir extrêmement
beurré, et, avant d'entamer le chapi-
tre des explications et des excuses,
força son irascible ami de Versailles
à partager avec lui, selon l'expression antique, le pain et le sel.

Au troisième verre du liquide réconfortant, le visage du voyageur se dé-
tendit, s'adoucit, et, à la fin, un sourire, qui se joua sur ses lèvres, té-
moigna du parfait rassérènement de
son âme.

Il daigna admettre qu'il aurait dû
télégraphier à chaque escale, et de
Bergen, par exemple, plus amplement
qu'il ne l'avait fait, et fixer, selon
toutes les probabilités, son arrivée à
Drontheim.

— Mon commis m'avait seulement
prévenu que vous vous embarquiez
sur le *Willemöes*, mon cher bon, dit
M. Tausen; j'attendais des explica-

Il vit avec stupeur le capitaine et son second pédalant d'une façon désordonnée.

tions. Il y a un fil qui court jusqu'au pied du cap Nord, Barnabé, et suit la côte, vous ne l'ignorez pas, Barnabé ! On ne l'utilise pas seulement pour signaler, de ville en ville, l'apparition des harengs et des morues. Il aurait pu servir à m'annoncer l'arrivée de mon vieil ami. Dans le doute, ayant de pressantes affaires, et devant d'ailleurs promptement revenir à Drontheim, j'ai cru pouvoir charmante et, après un repas abondant, où, comme dirait La Fontaine, « je laisse à penser la vie que firent nos deux amis », que la résurrection et le récit de leurs souvenirs d'autrefois émurent de la façon la plus touchante, ils se jetèrent dans les bras de Morphée, et y dormirent du sommeil du juste qui a bien dîné.

L'enchantement où se trouvait M. Barnabé, loin de l'ail et près de son

M. Barnabé se précipita avec ses malles.

prendre passage sur l'*Olaf*; mais loin de moi la pensée d'avoir voulu vous faire faux bond à Drontheim. Enchanté de vous serrer la main, camarade, et de boire à votre santé ce petit verre d'eau-de-vie de votre pays. *Welbekommen*, Barnabé !

M. Barnabé répondit à ce souhait par une poignée de main attendrie, et but encore quelques larges gouttes du liquide réconfortant.

Puis, tandis que l'*Olaf* filait à toute vapeur vers Kristiansund, il raconta à M. Tausen les péripéties de son voyage depuis Versailles, sans oublier les bicyclistes de la mer, et leurs *records* enragés, malgré vents et marées.

La journée s'écoula d'une façon vieux compagnon, redoubla dès leur réveil, et quand l'*Olaf* circula entre les îles pittoresques sur lesquelles est bâtie Kristiansund, M. Barnabé déclara avec des larmes que la société de son ami d'enfance lui semblait désormais inséparable du vrai bonheur, et qu'il était tout prêt à renoncer à Versailles pour vivre avec lui, en garçon comme lui, jusqu'à son dernier jour.

Pourtant quand l'*Olaf* rangea le quai de débarquement, à Kristiansund, M. Barnabé subodora soudain l'air avec une mine inquiète.

Il lui semblait reconnaître, çà et là, vagues et légères, mais bien reconnaissables pour lui, même au sein d'une atmosphère saturée de l'odeur

des morues sèches, certaines émanations alliacées dont, songeait-il, Marseille devrait seule avoir le mono-
pole.

Pourtant il ne dit rien, et recom-
mença à sourire.

Il mit pied à terre en souriant
toujours, admirant la situation heureuse des quartiers de l'aimable petite Venise norvégienne qu'est Kristiansund, et les jolies maisons épar-
pillées sur la côte.

— Ce doit être charmant en été, ce
pays-ci, dit-il à son ami.

— Réellement, c'est délicieux, Barnabé !

M. Barnabé ne se départit pas un
seul instant, pendant toute la journée, de la bonne opinion qu'il avait
conçue de la ville, et, à l'hôtel où
les deux amis établirent leur camp,
après un souper qu'eût applaudit Bril-
lat-Savarin lui-même, le Versaillais,
plein d'enthousiasme, se versa et but
pas mal de rasades en l'honneur du
Nord.

— Je suis au comble de mes vœux,
mon ami Tausen, s'écria-t-il; me voilà
enfin à vos côtés, à des centaines de
lieues des cuisines du Midi, ayant
mangé des mets irréprochables, épi-
cés et parfumés d'une façon vive,
c'est vrai, mais innocente — à mon
point de vue particulier — et je suis
heureux. Enfin !

— Welbekommen! répondit M. Tausen, riant sans bruit.

— Il est vrai qu'à diverses reprises,
aujourd'hui, en parcourant cette petite et gracieuse ville, ici en canot et
là à pied, j'ai cru reconnaître, dans
l'air ambiant, une odeur... désastreuse,
mortelle pour ma nature délicate,
mais j'étais sans doute le jouet d'une
illusion... et, je le dis hautement, Tausen, vous voyez en moi un homme
complètement rassuré, et ravi.

Là-dessus, c'est-à-dire après un certain nombre de coups de l'étrier, ce
qui ne tire pas à conséquence, dans
le Nord, assurait M. Tausen, on alla
se coucher, chacun de son côté, en
se souhaitant une excellente nuit.

CHAPITRE V

PENDANT L'HORREUR D'UNE PROFONDE NUIT

A quatre heures du matin, le lendemain, l'excellent M. Tausen, brusquement tiré d'un épais sommeil par
le grincement plaintif de sa porte,
voyait apparaître avec effroi dans sa
chambre un être pâle et échevelé, un
spectre en chemise et en pantoufles,
qui portait une bougie dans sa main
tremblante.

Dans les traits convulsionnés de ce
spectre burlesque, il reconnut à la
fin ceux de M. Barnabé.

— Qu'est-ce qu'il y a ! s'écria le
brave Danois, s'agitant sur son lit, et
surpris au moins autant que son compatriote Hamlet par l'apparition du
fantôme de son père. Que se passe-
t-il? Est-ce le feu?

— Le feu? Dites toutes les flammes
de l'enfer ! répondit M. Barnabé d'une
voix caverneuse. Elles me consument.
Mon estomac n'est plus qu'un bra-
sier incandescent ! Ah ! Tausen, infâme Tausen, où m'avez-vous conduit ? Cet hôtel est une caverne d'ail!
Ne le saviez-vous pas ? Je meurs...

En proférant ces mots lamentables,
le Versaillais s'abattit sur une chaise,
comme un bœuf sacrifié au pied d'un
autel grec.

M. Tausen, ayant repris peu à peu
son sang-froid habituel, finit par sourire, et dit à son compagnon désolé.

— Comment, Barnabé, vraiment ?
Vous craignez à ce point-là... une petite pointe de... J'avais cru que c'était
de votre part une excellente plaisanterie que cette répugnance... Mais,
pardonnez-moi si je ris en ce moment, mon ami; vous faites une si
drôle de figure !..

— Oh ! il vous faut des cadavres
pour vous mettre en gaieté ! Riez
donc, monsieur, moi je succombe !..

— Mais vous n'avez rien d'un ca-
davre, mon pauvre Barnabé ! Ce n'est
rien. Et je ne ris plus.

— Ce n'est rien ? Je me tords en
d'indicibles tourments, voilà tout. Ce
n'est rien ? mais je vous déclare que
je ne resterai pas un jour de plus

dans cette ville abominable, et corrompue... comme les autres !..

— Là, là, mon bon camarade; ne nous emportons point ! nous changerons d'hôtel, si celui-ci vous est fatal, voilà tout. Mais, en vérité, croyez-le bien, j'ignorais que, depuis mon dernier voyage, on fit, dans cet hôtel, une cuisine... qui vous est si désagréable...

— Vous l'ignoriez, c'est possible. Mais, moi, avec mon flair, j'aurais dû m'en douter quand l'hôtelier suisse de Droutheim m'a appris que Kristiansund faisait un commerce considérable, incessant, avec l'Espagne et le Portugal. Les équipages du Midi qui viennent dans cette ville sans relâche, ou plutôt en y faisant trop de relâches, y ont apporté, c'est évident, leurs goûts, leurs mœurs, leurs piments, leurs tomates et leur ail damné! je suis impardonnable de ne pas me l'être rappelé, hier, quand j'ai senti partout ici, dès le premier pas, cette odeur... dont, ce matin, vous me voyez infecté et frémissant! Oh! que n'en ai-je cru hier mon nez, cet ami de trente-huit ans, qui ne m'a jamais trompé! J'aurais fui sur-le-champ! Kristiansund est à présent, et pour jamais, avec vos Espagnols, saturée d'ail et d'oignon de fond en comble! Je suis destiné à y expirer après une horrible agonie, si j'y séjourne douze heures de plus.

— Là, là, Barnabé ! Remettez-vous!

Mais, loin de se calmer, M. Barnabé gémissait d'un air parfaitement misérable.

— Et dire que j'ai fait des centaines de lieues pour tomber dans ce guêpier morbifère ! Où fuir à présent ? Où me réfugier ? Où aller pour ne plus trouver la gousse de Damoclès toujours prête à fondre sur moi?

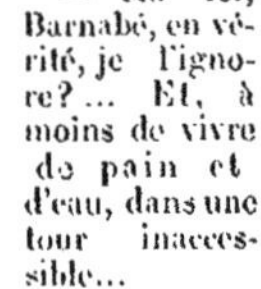

— Ma foi, Barnabé, en vérité, je l'ignore?... Et, à moins de vivre de pain et d'eau, dans une tour inaccessible...

— Oh! que j'envie le sort de Robinson! Pas d'ail dans son île à lui!

— Il regrettait pourtant parfois de manquer d'assaisonnement pour son pot-au-feu de chevreau, votre Robinson? Il le trouvait trop fade...

— Croyez-vous?

— Il l'a écrit dans son journal. Relisez-le.

— Oui, mais il n'a pas parlé de l'ail, grand dieu!

— Non. Cela est vrai.

— Oh ! tant mieux ! Car alors il perdrait la vive estime que je lui accorde depuis trente ans.

— Mais, à propos d'île et de Robinson, mon pauvre Barnabé, si vous voulez, ces jours-ci, passer quelques heures dans une quiétude complète, relativement à... à ce que je n'ose même plus nommer devant vous, venez donc visiter avec moi une des curiosités principales des côtes norvégiennes dans cette région, un *Egge-Vaer*, un *îlot à œufs*, un *nicherie*, un *niker* enfin. Là, vous serez parfaitement à l'abri de l'ail.

Un être pâle et échevelé

— Est-ce possible ! mais qu'est-ce qu'un *Egge-Vaer* ?

— Un *Egge-Vaer*, c'est en quelque sorte une mine d'œufs, naturelle et fort productive, quand on en prend soin. Un *Egge-Vaer* bien entretenu est d'une exploitation annuelle si fructueuse et si sûre qu'en Norvège un *Egge-Vaer* se lègue, par héritage, comme ailleurs on lègue une ferme, une bonne pièce de terre, un verger, un troupeau.

— Mais où se trouvent ces *Egge-Vaer* ?

— Partout, par milliers, le long de l'immense côte norvégienne, mais c'est entre Molde et Kristiansund, principalement, et ensuite beaucoup plus au Nord encore, que sont situés les *îlots à œufs* vraiment dignes de ce nom, qui fournissent des récoltes abondantes, en œufs, en plumes, et en duvet...

— On a donc établi des basses-cours sur ces îlots?

— Que dites-vous là! mais c'est la nature seule qui y a établi des basses-cours, et les volailles qui les peuplent sont des oiseaux de mer, tout bonnement.

— Des oiseaux de mer ? Et on utilise leurs œufs ? Pour les collections d'histoire naturelle, sans doute ? Oui, je comprends.

— Mais non, pour les manger ! On ne mange, mon bon Barnabé, dans les quatre cinquièmes du territoire norvégien, que des œufs d'oiseaux de mer, frais ou conservés. Ils sont l'objet d'un commerce considérable, je vous le répète, les poules sont la rare exception ici. Et ce que nous avons gobé, hier matin, c'était sans doute des *oiseaux des tempêtes* à la coque, et non des poulets...

— Eh bien, ce n'était pas mauvais du tout, je le déclare, et, en tout cas, si cela avait un certain goût, ce n'était pas celui de... pouah ! —

— Eh bien, mon ami, reprit M. Tausen, allez vous habiller, pour l'instant, ou vous recoucher, car vous me semblez transi de froid; reprenez vos sens, et, si cela vous tente, je vous mènerai bientôt...

— Dès demain ! cria M. Barnabé. Dès demain, au nom du ciel !

— Dès demain, soit ! Je vous mènerai donc — simple promenade en mer — voir sur la côte une série d'*îlots à œufs* qui m'appartiennent, quoique je sois danois. Là, munis de provisions inspectées avec soin et passées au contrôle infaillible de votre nez précieux, vous vivrez parfaitement en repos. Et, tout en dégustant des œufs de mon cru, — sans ail ! — vous pourrez peut-être voir, ce qui n'est pas un spectacle commun, je vous assure..., et surtout pour un Français... des *Edredons*... vivants !

Sans paraître remarquer l'épithète, M. Barnabé s'écria avec joie :

— Oh ! vous dites *Edredon*, vous ! A la bonne heure ! Que je voudrais que ma pauvre madame Montataire, la femme de ménage que j'ai délaissée à Versailles, vous entendît en ce moment. Elle dit toujours *égledon*, elle !

— Je dis Edredon, à la française, et pour vous, Barnabé. Mais cela s'écrit ici, *Eïjderdun* et se prononce *Eïdr'don*. Bref, l'édredon ou, comme disent vos savants, l'*Eïder*, prospère sur nos îlots à œufs.

— Mais, c'est donc une bête, l'Edredon ! Vous m'avez parlé d'édredons vivants tout à l'heure ?

— Mais, oui, c'est une bête. C'est une sorte de canard de mer, oui, parfaitement, Barnabé. L'ignoriez-vous ?

— Absolument ! Pour moi, jusqu'à présent, un édredon c'était tout simplement un vaste sac d'étoffe bourré de duvet d'oiseaux quelconques... Et, l'hiver, parfois, bien au chaud sous celui qui couvre mon lit, à Versailles, je me disais, en rêvassant : mais pourquoi diable a-t-on appelé cela un édredon ?

— Eh bien, vous le comprenez à présent; les marchands, vos compatriotes, ont donné par extension, au meuble en question, à ce sac dont vous parlez, le nom de l'oiseau qui produit le duvet exquis dont il est rempli. Un édredon est fait avec la dépouille des *Eïdr'dons*.

— Alors, l'édredon est un canard. Je suis charmé de savoir cela. On s'instruit tous les jours en voyageant, décidément.

— Mais je dois vous le dire, l'eïdr'don est un canard qui devient rare, en Islande comme sur nos côtes, malgré les soins qu'on prend pour sa conservation, et les lois très sévères qui, dans tout le Nord, le protègent. Aussi, le plus souvent, vos édredons français contiennent des duvets qui n'ont jamais poussé sur la poitrine des Eiders. Et, sans parler des oies, beaucoup d'autres oiseaux en font les frais. Néanmoins on continue à les appeler des édredons, de même qu'on a continué à appeler cuirasse

Et tout grelottant, M. Barnabé, sa bougie à la main, et soufflant avec dégoût devant lui les miasmes délétères de son haleine, alla retrouver enfin son lit considérablement refroidi.

Il s'y rendormit néanmoins et rêva qu'il était bercé, dans un gros nid de plumes, par des canards gigantesques.

Il rêva qu'il était bercé par des canards gigantesques.

une armure qui a cessé d'être en cuir, et qui est en fer complètement.

— Que je vous suis obligé de m'avoir appris cela. Mais pardonnez-moi si je me retire à présent, j'ai un peu froid aux mollets, je ne vous le cache pas; et, de plus, il me tarde d'éteindre le foyer que j'ai dans les intestins avec quelque frais breuvage. Excusez-moi, mon ami, et tâchez de refaire un bon somme. Je vous quitte. Mais, c'est entendu. J'ai votre parole; dans quelques heures vous m'emmènerez voir vos édredons qui volent, et vos *Egge-Vaer?*

— Je vous le promets, à condition que la mer soit tranquille, cependant !

— Ah ! oui, je le sens, une promenade loin de cette ville, en aspirant à pleins poumons l'air marin, pourra seule dissiper l'odieux parfum de l'ail espagnol ou portugais qui m'embrase et me rend félide !

CHAPITRE VI

LES BERGERS D'OISEAUX

L'homme propose... et le rhume de cerveau dispose, ou, pour mieux dire, indispose.

Le froid que l'infortuné M. Barnabé avait confessé prendre aux mollets, pendant l'horreur d'une profonde nuit, lui était remonté infiniment plus haut, et un coryza prononcé s'était déclaré chez lui.

La victime des assaisonnements méridionaux fut donc obligée de garder le lit le lendemain et les jours suivants, tremblant de tous ses membres qu'un médecin local, imbu de la méthode de feu Raspail, ne lui fît avaler quelque remède alliacé.

Il en fut quitte pour la peur.

On inonda sa gorge de médicaments

purement norvégiens à base de décoctions d'algues, de bourgeons de sapin et de mauves, édulcorées de sirop de mûres sauvages, le tout aromatisé, selon l'ordre du docteur, avec pas mal d'eau-de-vie de grains.

Ce n'était pas désagréable du tout, et cela sentait bon.

En outre, quand M. Barnabé put s'offrir de légers aliments, il sut intercepter au passage, inexorablement, et avec bien plus de succès que la fameuse garde qui veillait aux barrières du Louvre, tous les mets où l'ail (dont se défendent si difficilement les rois eux-mêmes) aurait pu essayer de se cacher perfidement.

Mais il bouillait d'impatience, sous ses couvertures, de ne pouvoir quitter à l'instant, comme il se l'était promis, cette Kristiansund, perdue par les Espagnols, pour aller savourer enfin un isolement réparateur sur un *Egge-Vaer*.

M. Tausen essayait en vain de le calmer.

— Et du reste, lui disait-il, nous ne pourrions en ce moment mettre à exécution notre projet. La mer est pour l'instant très mauvaise dans les *Sunds* entre le continent et les îles, petites et grandes, qui font comme une frange épaisse le long des côtes de la Norvège. De plus, le *Gulf Stream*, vous savez ? le grand courant chaud qui nous arrive d'Amérique, y envoie des brouillards incessants. Aucune embarcation, dans ces conditions, ne consentirait à nous mener à mes *Egge-Vaer*, et à mes *Holms*. Elle serait infailliblement brisée contre leurs murailles de granit, ou perforée par les aiguilles des rochers qui ponctuent, à chaque pas, les détroits. Soignez-vous donc bien tranquillement, cher Barnabé, en attendant.

— Eh ! c'est ce que je fais ! Je m'imbibe, je me trempe comme une soupe, avec vos infusions et vos grogs, et, déjà, hier, je n'ai plus éternué que cent quatre fois. Cela va donc mieux. Mais, dans cet hôtel, je redoute toujours (bien que vous soyiez pour moi d'une vigilance à rendre jalouse madame Montataire), qu'on ne m'assaille soudain, un jour ou l'autre, avec ces ragoûts d'Espagne... que vous ne détestez pas, vous, hélas, comme...

je le sens parfois ! — Aussi il me tarde de m'évader de cet endroit contaminé. — Et dire que les Hébreux, s'échappant d'une longue captivité, regrettaient les oignons d'Egypte ! Ce n'est pas moi qui les aurais pleurés, les oignons !

— A propos de cela, Barnabé, permettez-moi de faire une remarque. Comment se fait-il qu'à Versailles, afin de cesser de dîner en ville ou au restaurant, ou dans une pension bourgeoise, bref afin de vous préserver radicalement de tout ail, vous n'ayiez pas songé à vous marier ? Chez vous, et une fois vos dégoûts connus et respectés, vous auriez pu vivre tranquillement, il me semble ?

— Vous croyez cela, vous ? Ah ! vous ne connaissez pas les épouses de France, mon ami Tausen ! Ce sont des Eves dont la pomme tentatrice est une gousse d'ail ! Elles promettent de n'y pas mordre, et, pendant un certain temps, elles tiennent leur parole. Mais bientôt, à propos de gigot ou de pot-au-feu, vous entendez murmurer sans cesse que cela ne *vaut rien* sans ail, et un beau jour, comme vous constatez avec désespoir qu'on en a garni les mets en question, on vous répond, avec un sourire d'ange : « — *Il y en a gros comme ça, mon ami, à peine! Ce n'est vraiment pas de quoi crier si fort.* » Alors vous êtes perdu ! Vous vous révoltez, révolte inutile ! L'épouse, décidée à triompher, fût-ce en secret, ne recule pas devant le mensonge, et, désormais, dans le ragoût où elle jure qu'il n'y a pas un brin d'ail, vous pouvez être certain qu'elle en a inséré de quoi tuer un rhinocéros adulte !

— C'est épouvantable, ce que vous me dites-là, mais c'est une calomnie !

— C'est la pâle et triste vérité. Il est impossible à une épouse, soutenue par sa cuisinière, et habitant un pays où l'on trouve le bulbe infâme, de ne pas en abuser ! Vous voyez donc que je me fusse marié en vain? Aussi ne l'ai-je pas tenté. J'ai mieux aimé fuir et fuir sans relâche l'horrible comestible. Il est vrai que cela ne m'a pas beaucoup réussi jusqu'à présent. Mais sur vos îlots à œufs, peut-être, trouverai-je enfin l'oa-

Nils était l'élève de son père.

sis que j'implore ? Que je voudrais y
être !

— Il est de fait, répondit M. Tausen, que les pauvres et rudes Robin-
sons qui gardent mes propriétés de
mer, que mes *bergers d'oiseaux*, enfin, ne connaissent pas l'ail. Cela, je
puis vous l'assurer.

— Je bénis d'avance vos bergers
d'oiseaux, cher Tausen, et je grille
de partager leurs Bucoliques et leurs
Eglogues.

— Elles sont diablement sauvages
leurs Bucoliques, et je ne crois pas
que vous soyez de taille à les supporter plus d'un jour ou deux, par pure
curiosité, cher Barnabé.

— Nous le verrons bien.

— Ce sont de braves gens assurément et fort doux, mais très frustes.
La plupart sont Norvégiens. Mais
j'y songe, parmi les Bergers d'oiseaux en question, il en est deux
au moins qui font exception. Ce sont
deux orphelins, des Danois, de Copenhague même, le frère et la sœur.
Nous irons les visiter d'ailleurs. C'est
leur première année de service sur les
Egge-Vaer. Ils n'y sont même arrivés que depuis quelques semaines, et
ils ont dû tout d'abord procéder au
déménagement des quelques moutons
qu'on laisse, l'hiver, dans celles des
îles qui offrent un peu de verdure.
Ils les ont sans doute ramenés à la
côte, et maintenant, dans les îlots qui
leur sont confiés, ils attendent seuls
la gaie saison.

— Et pourquoi ne laisse-t-on pas
ces pauvres moutons dans leurs îles,
juste au moment où, avec votre rapide été, l'herbe y va redevenir
promptement abondante.

— Mais justement parce que l'été
va ramener dans ces îles, avec l'herbe, les oiseaux de mer qui sont autrement productifs, et pour qui c'est
alors l'époque des couvées. Or, avant
toute chose, il importe de ne pas effrayer les oiseaux de mer. Il faut
absolument qu'ils retrouvent au printemps les *Egge-Vaer* aussi inhabités,
aussi solitaires en apparence, que lorsqu'ils les ont quittés à l'automne.
Sans cela, ils les abandonneraient, et
alors adieu la chasse aux œufs et aux
édredons !

— Eh bien, je me doutais peu de
toutes ces choses quand je me de-
mandais, à Versailles, en riant, où
pouvaient bien pousser les *égledons*
de la veuve Montataire !

— Si vous en voulez savoir plus
long là-dessus, vous interrogerez mes
bergers d'oiseaux, et spécialement
M. Nils et Mlle Gèfle, les deux orphelins dont je vous parlais. Ils com-
prennent et ils parlent parfaitement
le français et l'anglais.

— Mais qui a pu déterminer à entrer à votre service, si loin de leur
pays natal, et instruits comme ils paraissent l'être, d'après vous, ce jeune
homme et cette jeune fille ?..

— Eh ! mon ami Barnabé, quand
on est tout à coup tombé dans une
véritable misère, quand on est jeune
et bien portant, et qu'on n'a pas peur
du travail, si pénible qu'il puisse sem-
bler, on n'hésite pas à accepter la besogne qu'on trouve, cette besogne,
bien que rude, étant honorable, et devant produire un gain non seulement
assuré, mais qui peut croître encore,
si l'année est bonne, au point d'être,
en somme, assez gros. Je les nourris
tout le temps de leur séjour sur mes
îlots, et je leur donne, avec un sa-
laire honnête, un *demi pour cent* sur
ma recette brute en plumes, œufs et
duvets. Cela peut aller à près de 1.500
francs d'argent comptant pour leurs
trois mois et demi de surveillance,
de soins et de chasse.

— Alors votre M. Nils et votre
Mlle Gèfle sont très pauvres ?

— Ce sont les enfants d'un sculpteur de *poupées*, figures et écussons
pour les *avants* de navires. Nils était
l'élève de son père. La petite Gèfle tenait leur ménage. Le père est mort en
février dernier. Je le connaissais un
peu. On m'apprit la triste situation
où restaient les deux orphelins. J'al-
lai les voir, et comme je n'avais, dans
ma maison de commerce, aucun emploi vacant, pour le moment, sauf,
sur les côtes de Norvège, celui de ré-
gisseur de certains de mes îlots à oiseaux, je l'offris au garçon, me char-
geant de placer la fille chez un confrère. Mais l'idée d'une séparation,
après la perte qui les enchaînait encore plus étroitement l'un à l'autre,
ces deux enfants, ne put leur entrer
dans la tête, et encore moins dans le

cœur. « S'ils devaient souffrir, ils voulaient du moins souffrir ensemble », me dirent-ils ? Que faire ? Nils me supplia de laisser sa sœur l'accompagner sur les *Egge-Vaer* et la petite Gèfle, qui est une solide et courageuse créature en dépit de son âge, seize ans, me conjura de son côté de ne pas lui prendre son frère. J'y consentis. Je leur avançai de quoi subsister jusqu'au moment de leur départ pour les Iles, et leur procurai aussi quelques menus travaux dans

M. Tausen tordait ses longues moustaches de pirate.

ma maison. Gèfle fut adjointe provisoirement à ma femme de charge, dans le département des étoffes et du linge. Nils fut mis aux écritures. Ils revenaient le soir, tous deux, dans leur petit logement, et y poursuivaient, en vue de leurs travaux prochains d'été, leurs petites études de toute sorte et principalement celles d'histoire naturelle. En outre, un de mes anciens chasseurs d'édredons, devenu invalide, et que j'ai pris chez moi, leur donnait tous les renseignements possibles sur leurs futurs troupeaux d'oiseaux, et sur la façon de vivre aux Iles. Enfin, ils se sont mis en route le 30 mars tous deux, pleins de confiance, d'espoir et même de joie. Car nous avons le goût des aventures et des voyages, nous autres Danois; c'est dans le sang, et qui nous l'a transmis, légué ? vous le savez bien ? Ce sont nos ancêtres, nos glorieux ancêtres, ces terribles écu-

meurs de mer et de terre, ces *Wickings* qui, entre autres conquêtes, ont colonisé, de vive force, mon bon Barnabé, dans cette Neustrie, qui est devenue la Normandie.

En parlant ainsi, M. Tausen tordait ses longues moustaches de pirate, et son œil étincelait.

— Oui, je sais cela. Et il est même probable que vous me devez de l'argent depuis ce temps-là, répondit joyeusement M. Barnabé, car vos ancêtres ont pillé les miens dans la Neustrie, jadis. Rendez-moi mon héritage, pillard du nord, *Northman* que vous êtes !

— Non !.. Il y a prescription, Barnabé, et Charles le Simple a reconnu nos droits comme légitimes.

— C'est vrai. Quel malheur ! Il faut s'incliner devant les faits accomplis. Mais nous voilà loin de vos deux protégés, Gèfle et Nils. Vous avez agi, ce me semble, très gentiment avec ces enfants.

— J'ai fait pour eux le nécessaire, simplement. Mais, à l'automne prochain, quand ils seront de retour à Copenhague, car je ne veux pas qu'ils passent l'hiver dans les Iles bien que le climat y soit très supportable, grâce au *Gulf-Stream*, je leur trouverai certainement une tâche sinon plus fructueuse, du moins plus en rapport avec leur éducation, dans ma maison de commerce. Pour le moment, je les laisse libres d'agir à leur guise, et de faire un rude apprentissage de la vie.

— Quel dommage que mon coryza et les colères des flots ne me permettent pas d'aller tout de suite leur serrer la main, à ces deux bons petits bergers.

— Oh ! mais Nils n'est pas petit ! c'est un gaillard de dix-sept ans, fort comme un saint Christophe, et presque aussi grand que vous. Gèfle n'est pas non plus ce que les Français appellent un bout de femme. Elle n'est pas de force, il est vrai, comme la *Brunehild* du poème des *Niebelungen*, à accrocher son mari à un clou, à bout de bras; mais elle est vigoureuse et bien taillée.

— J'en suis bien aise. Mais c'est égal, je trouve qu'il leur faut une fameuse énergie pour avoir accepté de vivre pendant des mois, tout seuls, au milieu des brumes et des tempêtes, perdus dans l'immensité des vagues de l'Atlantique boréal.

— Oui, ce sont de braves êtres. mais j'espère que l'avenir les dédommagera de leurs peines présentes. Ils auront mérité d'être heureux.

— Certes ! et je leur souhaite d'attraper tout de suite cent mille *Edredons !*

gétale qui reprend en toute hâte son cours, interrompu pendant les longs et farouches mois d'hiver, se mêle le bruissement des eaux délivrées qui fusent sur le granit des roches, et, çà et là, les cris de joie des oiseaux traversent joyeusement l'espace.

Aussi, aux environs et dans les jardins des îles de Kristiansund, naguère désolés et sombres sous les aver-

Une barque de pêche lourde et ventrue.

CHAPITRE VII

LE « HOLM » DE M. TAUSEN

C'est par une série de véritables coups de théâtre et de changements à vue, rapides et surprenants, que procède la nature, dans le Nord, une fois que le rideau s'est définitivement levé sur le décor du printemps.

En quelques jours, sous les rayons du soleil, pâle encore, que secondent les tièdes brises du Sud-Ouest, les neiges fondent partout, sur les pentes des collines, qui n'en gardent qu'un blanc panache à leur sommet; les gazons drus pointent, comme à vue d'œil, les bourgeons des arbres éclatent de toutes parts, et les feuilles se développent impétueusement d'heure en heure.

Au délicieux murmure de la vie vé-

ses incessantes et les brouillards, ce fut comme une avalanche subite de verdures charmantes, constellées de fleurettes, moins d'une semaine après la guérison totale du coryza de M. Barnabé.

Et le nez de ce grand voyageur put enfin percevoir, de nouveau, malgré le fumet général des magasins et des séchoirs à morues de la ville, les aimables émanations de la terre ressuscitée et des pousses fleuries.

On était dans la première quinzaine de mai.

C'est pourquoi, par une après-midi magnifique, une barque de pêche, lourde, ventrue, et relevée aux deux extrémités, garnie de toute sorte de provisions fraîches, et portant à son bord MM. Tausen et Barnabé, quitta Kirkelandet, l'île principale de Kristiansund, et s'avança vers la pleine mer, très doucement bercée sur les petits flots apaisés, d'une belle couleur d'émeraude, et dont les replis étincelaient comme autant de miroirs.

En peu de temps, on perdit de vue les petites maisons basses et multicolores de la ville, aux fenêtres encadrées toutes d'une bordure blanche, et l'on n'aperçut plus bientôt, au Nord-Est, que les pointes neigeuses et les déchiquetures des côteaux qui l'entourent, mais à l'Ouest se profilait déjà, vaporeux, sur l'extrême ligne de l'horizon, l'archipel des îles innombrables vers lesquelles la marée descendante et les avirons des mariniers emportaient les deux camarades de collège et leur fortune.

La journée fut splendide.

Mais elle sembla interminable à l'impatient Versaillais, encore qu'il fût charmé du spectacle, et le déclarât infiniment supérieur à celui de la rue de la Paroisse.

Vers le soir, après avoir erré sans cesse, et viré de bord à chaque instant, dans les étroits passages d'un inextricable dédale de roches basses, d'îles, d'écueils ou de pics majestueux isolés au sein des eaux, le patron de la barque annonça à M. Tausen que le principal de ses îlots était en vue. « Nous arriverons au *Holm* dans un quart d'heure », dit-il.

Les *Vaer* sont le nom générique des îlots de piètre étendue, qui s'élèvent de peu au-dessus de la mer. Mais un *Holm* est un haut socle de rochers plus imposants, et de larges dimensions, sur lesquels, dans l'intérieur, à l'abri des vents, s'élèvent quelques maigres arbres et poussent des pâturages capables de nourrir une vache et un petit nombre de moutons.

Comme on rangeait et de près, la côte étant accore, les sombres falaises du *Holm* de M. Tausen, cherchant un point commode pour le débarquement, ces messieurs aperçurent, sur les blocs amoncelés au bas des murailles à pic, en face d'une ouverture qui semblait la porte de l'île, deux créatures humaines gesticulant avec violence. Avec leur bonnet de laine sur leurs cheveux blonds, leur tricot, leurs larges pantalons, ils avaient la physionomie de deux robustes matelots norvégiens.

L'un d'eux tenait à la main un papier déployé, le second, armé d'un fusil, proférait des paroles qui se perdaient dans le bruit des vagues.

— Qu'est-ce que ces individus, qui nous font des gestes télégraphiques, et paraissent fort en colère ? demanda M. Barnabé.

— Ils ont l'air de nous crier de nous en aller au plus vite, si je ne m'abuse, répondit le négociant. Mais je ne devine pas, à cette distance, qui ils peuvent bien être. J'ai envoyé un jeune homme et une jeune fille dans mes îles, et voilà que je trouve deux hommes, qui nous menacent, le fusil au poing.

Pendant que les deux camarades de collège s'interrogeaient, fort étonnés de l'accueil hostile qu'on allait leur faire, leur embarcation s'était avancée, les voiles larguées, à la rame, jusqu'à l'espèce de petite grève, semée de roches énormes, où se tenaient en sentinelles vigilantes les deux habitants du Holm.

Et, alors, distinctement, ils entendirent le plus petit des deux, agitant le papier qui flottait comme un drapeau entre ses doigts, leur crier, d'une voix assez douce pourtant, en anglais.

— Il est défendu de chasser dans les îles. C'est interdit par la loi. Voici le texte. Allez-vous-en, gentlemen !

M. Tausen sourit d'un air satisfait, et dit à son compagnon.

— Ils nous prennent pour quelques-uns de ces touristes anglais et américains qui viennent ici, l'été, avec leurs yachts, et qui, dans leur rage de sport, n'hésitent pas, en chassant les oiseaux, pour rien, pour le plaisir de tuer, à détruire les modestes ressources d'un grand nombre d'habitants de la côte, sans parler des petits revenus de votre serviteur...

— Que ne se contentent-ils de leurs bicyclettes ! Cela ne fait de mal à personne, au moins; sauf aux chiens et aux chats qu'ils écrasent.

— Certainement. Mais à la bicyclette ils préfèrent en Norvège la pêche ou le tir. J'approuve la pêche à la truite et au saumon, mais à la chasse sans but utile, au massacre absurde des oiseaux de mer, je m'oppose, et de toutes mes forces, et les gouvernements norvégien et suédois, comme celui de mon cher Danemark, sont bien de mon avis, car ils ont édicté des lois très sévères, depuis 1860, pour la protection des oiseaux utiles, et, chez nous, Barnabé, ce n'est pas comme en France, les lois sont strictement observées; chacun y prête la main et leur vient en aide sans hésitation aucune...

— Diable ! Alors, hâtons - nous d'avertir ces deux zélés... bergers d'oi-

son ami les explications qui précèdent, les voyageurs et les bergers d'oiseaux, venus à la rencontre les uns des autres, se réunissaient sur la grève, et échangeaient de vigoureuses poignées de main, en riant très fort de leur méprise mutuelle.

M. Tausen présenta ses bergers à son ami, et celui-ci, tout joyeux, leur adressa les plus aimables paroles.

— Ah ! mes gaillards ! s'écria-t-il, vous me preniez pour un Anglais des-

On arriva devant une construction informe.

seaux inconnus que nous sommes de paisibles navigateurs, et seulement des curieux. Sans cela, ils vont nous fusiller, au lieu de se borner à dresser un procès-verbal...

Et M. Barnabé, assez effrayé, se mit à crier, tandis que l'on mettait pied à terre :

— Ohé, là-bas ! — Nous pas chasseurs ! Vous pas tirer ! Nous bons garçons !

— Ne vous égosillez pas, Barnabé, dit M. Tausen et cessez de vous exprimer en langage nègre. Je reconnais à présent nos deux farouches gardiens, et ils me reconnaissent de leur côté. C'est Nils et Gèfle. Gèfle a pris le costume masculin, et elle a eu raison. C'est très pratique ici, où il faut grimper, dégringoler, courir, sauter dans les roches.

Pendant que le négociant donnait à

tructeur, et vous vouliez me passer par les armes ?

— Oh ! non, monsieur, dit Nils. C'était une simple démonstration belliqueuse. Et, d'ailleurs, ne croyez pas que les bergers d'oiseaux aient souvent à repousser par la force les incursions des chasseurs étrangers. Ceux-ci, les Anglais surtout, ont un grand respect de la propriété, et, dans des occasions semblables, à la première sommation, ils se retirent. Dans les « vaer » déserts, par exemple, loin de tout regard, et en passant, ils se permettent de braconner trop souvent, hélas...

— Que ne s'offrent-ils un permis de chasse ?

— Sur la côte, et dans tout l'intérieur du pays, cela leur est possible, quoique le droit soit d'un prix élevé: 500 francs. mais les villes sont exceptées, et surtout les *Egge-Vaer*, pendant l'été.

Tout en s'entretenant de la sorte, les voyageurs l'équipage de la barque compris) et les surveillants du Holm s'étaient mis en marche et l'on avait pénétré dans la propriété de M. Tausen.

Les mariniers portaient les provisions embarquées à Kristiansund.

On arriva au bout de quelques minutes devant une étrange ci massive construction informe, dont les murailles étaient formées de blocs non taillés juxtaposés d'une manière barbare, sans ciment. Un épais toit de terre gazonnée recouvrait le tout.

— Ce n'est pas tout à fait le Louvre, pensa M. Barnabé, ébahi, en apercevant cet édifice d'ordre cyclopéen, percé de fenêtres minuscules.

— Vous ne trouvez pas cela joli ? demanda M. Tausen.

— Hum ? — C'est pittoresque, et non sans une certaine grandeur... de barbarie, répondit le Versaillais. Si j'avais là mes instruments; — car, vous le savez, Tausen, je suis un aquarelliste incompris — j'en ferais volontiers un croquis. Mais je n'ai ni mes couleurs, ni mes pinceaux. Ils sont restés à l'hôtel. Quoi qu'il en soit, je trouve cela pittoresque, oui, et même un peu effrayant. Mais un aspect n'est rien. La question est de savoir si l'intérieur est confortable.

— Vous en jugerez par vous-même tout à l'heure. Mais apprenez tout de suite que cette espèce de forteresse antédiluvienne en a été une, jadis, en réalité. Vous voyez là le vestige, encore solide, d'un Borg de chef norvégien des temps primitifs. J'y ai fait aménager des chambres d'habitation, une étable, et d'autres compartiments nécessaires pour l'exploitation de mes îlots. On y est fort à l'abri et bien au chaud. Vous vous demandez sans doute pourquoi je n'ai pas fait élever une commode et jolie maison moderne à la place de ce vénérable *Borg* en ruines ? J'avais mes raisons pour le garder en l'état où il est. D'abord mon respect pour les monuments historiques, assez rares, de la vieille Norvège, me faisait un devoir de conserver à celui-ci son antique caractère. Ensuite mon intérêt

de propriétaire s'accordait avec mes sentiments de dilettante pour ne rien changer à l'air sauvage et inhabité du Holm. Mes fabricants d'œufs et de duvet n'aiment pas les changements dans leurs rochers favoris, je vous l'ai déjà dit. Ce borg resté, extérieurement, le même que l'ont vu, pendant des siècles, les générations d'oiseaux qui se succèdent ici, n'inspire aucune méfiance à nos visiteurs d'été et même d'hiver. Et, tous les ans, certains de vivre et de nicher tranquillement ici, et sur les *vaer* éparpillés autour du Holm, ils y reviennent fidèlement... et...

— Messieurs, dit l'aimable voix de Mlle Gèfle, apparue sur le seuil de la porte du Borg, et interrompant la conversation des deux amis, si vous voulez bien prendre la peine d'entrer chez vous, la table est mise et vous attend.

M. Barnabé sourit en regardant la rieuse enfant déguisée en garçon, et s'écria :

— Bravo! jeune homme!.. non, je veux dire, mademoiselle... J'ai une faim de loup, mademoiselle!.. non, je veux dire : monsieur...

— Appelez-la Gèfle, comme moi, c'est plus simple et plus court, dit M. Tausen.

— C'est entendu, alors. — Mais... Ah! mon Dieu! se dit plaintivement M. Barnabé, dont le front se plissa tout à coup, j'ai oublié de vous le dire! Je ne peux pas souffrir l'ail. J'espère bien, Gèfle, que vous n'en avez pas usé pour votre souper...

— De l'ail? — Oh! non, monsieur! Je sais, d'après les livres, ce que c'est; c'est le bulbe d'une plante potagère. Mais je n'en ai jamais goûté, ni même vu!.. Et il n'en pousse point dans ce climat.

— Gèfle, vous êtes un trésor! A table, alors!

Et comme M. Tausen, souriant, se frottait les mains, en regardant son ami, celui-ci, l'entraînant par le bras dans le borg, lui souffla à l'oreille, avec émotion.

— Vous ne m'avez pas trompé. Merci, mon ami. Cette île est bien véritablement pour moi l'Oasis du salut dans le désert à l'ail de ce monde, et un Paradis inodore sur terre!

CHAPITRE VIII

M. BARNABÉ RENONCE AU MONDE

En fait de parfums, si le repas vite apprêté par Gêfle, son frère et le patron de la barque, n'offrait, en effet,

Vous ne m'avez pas trompé, merci mon ami.

aucune trace de l'odeur qui était l'effroi de M. Barnabé, en revanche il était abondamment assaisonné... par l'odeur de la tourbe qui brûlait sans bruit dans le foyer, et fumait de façon à faire pleurer l'homme le plus insensible.

M. Barnabé toussait, se frottait les yeux, tout en mangeant, mais il mangeait comme un ogre, en toute sécurité, et d'un cœur largement épanoui.

Il regrettait, il est vrai, que le pain (qu'il adorait, en sa qualité de vrai Français), consistât seulement en minces rondelles, noires ou grises, beurrées à l'excès et dont il ne faisait que deux bouchées, mais il compensait la rareté du pain par la fréquence des rasades, à l'exemple de ses compagnons.

Car, à quoi bon le nier, on ne déteste pas boire un petit coup... de trop, entre amis, les jours de fête, en Norvège. C'est le climat qui veut cela, à ce qu'on dit.

Au dessert, M. Barnabé, s'adressant à Gêfle qui, elle, se montrait très réservée sur l'article des boissons, ainsi qu'il convient à toute jeune fille, même dans le nord, s'écria:

— Tout cela, c'est très joli! Mais, Gêfle, et les édredons? les jolis édredons vivants? Où sont-ils? Vous les oubliez un peu. Tausen, mon ami!

— Monsieur Barnabé, répondit Gêfle, la saison n'est pas encore assez avancée pour qu'ils viennent séjourner sur les Vaer. Ils vivent sur l'eau nuit et jour maintenant. Tout ce que vous en pourriez voir, à cette heure, en montant sur le toit du Borg, ce serait, au-dessus des îlots, comme une palpitation infinie, comme un grand flottement d'ailes, des points blancs ou noirs.

— Oui, et la nuit tombe déjà, Barnabé, ajouta M. Tausen. Ainsi, il est inutile que vous grimpiez sur le toit. Ce soir on se repose et on devise, le verre en main. A demain les édredons et leurs collègues!

— Eh bien, alors, à demain, comme vous dites, reprit M. Barnabé, et à votre santé, à tous tant que vous êtes, mes amis, continua-t-il en vidant un nouveau verre.

— *Welbekommen!* lui fut il répondu en chœur.

Une heure plus tard, les marins regagnaient leur barque, où ils allaient passer la nuit, M. Tausen et son ami se jetaient sur des lits promptement installés dans une des pièces vides du borg, tandis que les bergers d'oiseaux, un peu étourdis de la visite de tant d'étrangers, retournaient dans leurs chambrettes respectives.

La nuit fut excellente pour tout le monde.

Et, au réveil, qui eut lieu tardivement pour M. Barnabé, celui-ci déclara qu'il ne se sentait âgé que de vingt ans, tout au plus, et qu'il avait dormi comme un bienheureux, sans un moment d'arrêt.

Le brouillard du matin s'était levé, un soleil radieux brillait.

Le spectacle de la mer, et du troupeau d'îlots dont le Holm était entouré, à perte de vue, enchanta le navigateur de Seine-et-Oise, monté sur le toit du Borg, et promenant sur l'étendue des regards étincelants.

Après le déjeuner, qui fut abondant en poisson frais, et largement arrosé, M. Barnabé, prenant à part son ami Tausen, lui dit d'un ton très sérieux :

— Tausen, vous ne pouvez prolonger votre séjour sur cette île, qui est exquise — et, au point de vue culinaire — réellement adorable. Je le comprends et les affaires sont les affaires ! Retournez donc, seul, à Kristiansund. Pour moi je renonce au monde, à ses pompes, à ses œuvres..., et à ses atroces ragoûts, et je demeure ici.

— La plaisanterie est bonne !

— Ce n'est pas une plaisanterie. Bien que je ne sois pas un diable bien vieux, je veux me faire ermite... J'ai l'intention de rester, je vous le répète, de rester et de chanter, tout l'été, comme la cigale, dans ces roches charmantes. J'ai rêvé toute ma vie de manger un morceau de Robinson ! Je le tiens, je ne le lâche pas.

M. Tausen, étonné au plus haut point du langage de son ami, l'examina attentivement, sans prononcer une parole. Il se contenta de sourire d'un air indulgent.

— Vous me croyez fou, j'en suis sûr ? reprit M. Barnabé.

M. Tausen secoua la tête négativement, mais il ferma sa main droite, sauf le pouce, qu'il tourna vers ses lèvres, en faisant le geste d'un mortel qui hausse le coude et boit avec satisfaction. Ensuite il murmura :

— Il n'y a pas de folie dans votre cas. Simple influence des fumées du banquet d'hier... hein ?

— Moi ? s'écria le Versaillais, je suis de sang-froid comme une algue au fond des mers !

— En vérité ?... Alors, vous êtes... non, c'est votre projet qui est insensé...

— C'est le projet d'un sage. Cette île me plaît. Je désire m'y retirer des affaires pendant quelques semaines, et je vous demande de m'y louer une chambre... garnie, ou peu s'en faut.

— Vous louer une chambre ?... quoi !

— Alors, offrez-la moi pour rien ; je vous donne l'occasion d'être généreux. Saisissez-la.

— C'est impossible.

— Tausen, je suis ici par votre volonté... je n'en sortirai que par la force des baïonnettes !

— Mais qu'est-ce que vous ferez ici, vous, maniaque ? Car vous me forcez à employer des gros mots.

— Je vous les pardonne ! Mais vous me demandez ce que je compte faire ici ? eh bien, je vous réponds ceci : Avec Nils et Gêfle pour professeurs, je compte chasser l'édredon, mon ami, voilà tout, jusqu'à l'automne. Nous vous reviendrons, tous les trois, à Copenhague, en septembre prochain. C'est décidé.

— C'est absurde.

— Pas plus absurde pour moi, Français, que si j'allais, comme le font mes compatriotes, me confiner, pour trois mois, en costume de clown, dans un *casino*, à l'embouchure de la Seine ou de l'Orne.

— C'est vrai. Mais, moi, mon ami, qu'est-ce que je deviens dans ce beau projet ? Je vous perds pour trois mois, à peine vous ai-je rejoint, et cela après vingt ans de séparation. Ah ! Barnabé, c'est bien dur !

— C'est dur pour moi aussi, n'en doutez pas. Mais puisque je vous déclare que je passerai l'hiver avec vous, à Copenhague, nous réparerons alors le temps... que vous avez l'obligeance de dire perdu pour votre amitié...

— Sans doute, mais...

— Voyons, Tausen, je vous lasserais bien vite avec mes manies. Je vous ai déjà été une cause de dérangements et de soins sans nombre. Permettez-moi de fournir à votre sympathie l'occasion de se reposer un instant...

— Vous doutez de moi ?

— Non, mais, là, franchement, je me méfie de votre commis principal ! Il a déjà failli trancher le fil de mes jours ! Voyons, Tausen, la main sur le cœur, est-ce que vous pouvez me jurer que là-bas, en terre ferme, vous arriverez toujours à me protéger con-

Le spectacle de la mer enchanta le navigateur de Seine-et-Oise.

tre toute... tentative de la part de cet ail... dont je suis enfin libéré?

— Hum ? Il ne faut jurer de rien. Mais, pourtant...

— Là ! Vous le dites vous-même ! Un jour ou l'autre, vous vous trouveriez impuissant et sans voix devant votre cuisinière, et moi je périrais en vous maudissant. Ah ! éloignons encore, éloignons, mon ami, ce moment fatal. Eloignons-le de trois mois, au moins ! J'implore de vous ce sursis !

— Barnabé, vous êtes entêté comme une mule.

— Merci. Mais cela m'est égal. Laissez-moi braver le Midi dans ce Holm du Nord. J'y suis, d'ailleurs, j'y reste, je ne vous demande qu'une chose...

— Méritez - vous qu'on vous l'accorde, Barnabé ?

— Je vous demande d'avoir la complaisance de m'envoyer de Kristiansund, par un sloop à mes frais, le bagage que j'ai laissé à l'hôtel infernal où vous m'avez conduit au supplice. Joignez-y un surtout ciré, un chaud caban, et des vêtements convenables en l'occurence...

— Je le ferai. Mais réfléchissez encore un moment. Votre pauvre santé est à peine rétablie ?

— Je me sens des bras d'Hercule... et des jambes de mohican !

— Vous serez mal logé, mal couché!...

— J'ai hâte de connaître enfin la dureté des matelas !

— Vous vous ennuierez ferme !

— Moi ? Avec Nils et Gèfle, ces pinsons, pour compagnons ? vous riez de moi.

— Vous êtes bien déterminé.

— Toutes mes voix intérieures me crient, depuis ce matin, que je n'aurai jamais à me repentir d'avoir mis des Océans entre... entre l'ail... et son martyr !

— Eh bien, alors, que votre volonté soit faite ! mais si votre internement volontaire dans cette prison de pierres et d'eaux a pour vous des conséquences fâcheuses, ne venez jamais me le reprocher !

— Au contraire, et du fond de ma tombe, au besoin, je vous bénirai pour avoir cédé à ma sage fantaisie...

— Alors, mon pauvre anachorète

futur, je ne dis plus un mot. Je vous abandonne à votre destinée. Du reste, si demain vous changez d'avis, Barnabé, le sloop, comme vous dites, qui viendra bientôt vous apporter vos bagages, pourra les remporter, et vous avec, au besoin.

— Le sloop repartira seul ! Me croyez-vous une girouette ?

... Faisant le geste d'un mortel qui hausse le coude.

— Non. Et c'est entendu, le sloop repartira seul. Mais si, après son départ, vous aviez la nostalgie de la terre ferme, il vous resterait encore un moyen, par une belle journée, de revenir à Kristiansund.

— Je refuse de le connaître, ce moyen.

— Il vous resterait, poursuivit l'obstiné M. Tausen, un très solide et très léger canot, qui est garé, bien à l'abri de la mer du large, dans une grotte des falaises de ce Holm, à l'est du Borg.

— Je n'en userai pas ! Mais que fait-il là ?

— Eh mais, cher ami, il sert quotidiennement pendant l'été à la récolte de mes œufs et de mes plumes. Est-ce que vous croyez par hasard que vous allez rester ici à vous croiser les bras, en attendant que les édredons apportent respectueusement leur duvet à vos pieds. Non, mon pauvre Barnabé, vous aurez à ramer, à trimer comme un gracieux galérien, et gare les ampoules !... Vous n'êtes plus tout jeune, mon garçon.

— Moi ? je rajeunis d'heure en heure ! Ce matin, au réveil, je me croyais vingt ans. Il me semble à présent que je me suis tout à fait trompé dans mon calcul. Oui. C'est dix-sept ans à peine que je compte, au moment où j'ai l'honneur de vous parler.

— D'accord. Vous raisonnez en effet comme un enfant. Espérons, si cela continue, que, lorsque j'aurai le plaisir de vous revoir, vous m'arriverez en maillot ?...

M. Barnabé se disposait à répliquer vertement quelque chose, mais, en ce moment, le patron de la barque de pêche vint prévenir M.

Vous m'arriverez en maillot.

Tausen que le vent et la mer étaient favorables pour un prompt retour à Kristiansund.

M. Tausen, un peu chagrin, quoique toujours riant, quitta son ami Barnabé pour aller donner à ses bergers de mer quelques instructions dernières relativement à l'envoi sur la côte des résultats de leur campagne, et pour les avertir en même temps de la détermination prise subitement par le voyageur français de partager leur exil pendant l'été.

Grande fut la surprise des deux jeunes gens en apprenant cette nouvelle, qui ne leur déplut pas, toutefois, car M. Barnabé leur avait fait l'effet d'un drôle de corps, un peu excentrique de langage, mais de tenue excellente et d'humeur agréable, et ils en conclurent qu'il serait un compagnon supportable.

Aussi, dès qu'ils eurent embarqué leur patron, lequel prit congé de son ami Barnabé avec une vive émotion, que partagea le Français, entre parenthèses, quoiqu'il se gardât bien d'en rien témoigner, Nils et Gêfle se hâtèrent d'aller installer définitivement, dans le Borg, un logement aussi confortable que possible pour le singulier étranger.

CHAPITRE IX

DANS LE BORG

En attendant l'arrivée du soi-disant sloop, porteur de ses bagages, M. Barnabé, sous la conduite du grave Nils et de sa rieuse sœur Gêfle, fit, avec un juvénile enthousiasme qui lui procura d'abord pas mal de courbatures, de nombreuses visites aux *Egge-Vaer* dont M. Tausen était le maître et seigneur.

Pendant ces excursions, exécutées en canot, il procéda à l'apprentissage de sa vie de chasseur, de pêcheur, de rameur et d'escaladeur de roches, non sans éprouver quelques déboires tels que chutes sans gravité dans l'eau salée ou sur la pierre, ou écorchures de ses mains et de son pauvre dos. Mais son ardeur n'en était pas diminuée.

Il ne faisait qu'en rire, et ses jeunes amis, autorisés par son exemple et sa bonne humeur, en riaient aussi, de leur côté, de la façon la plus réjouissante.

Tous trois étaient vite devenus les meilleurs camarades du monde.

Huit jours à peine après son installation dans le Borg, M. Barnabé était devenu, comme gymnaste, un assez remarquable sujet, et il n'hésitait pas, aux applaudissements de Gêfle, à se suspendre, comme un badigeonneur, au bout d'une corde à nœuds, pendante au-dessus des flots, pour aller dénicher, dans les anfractuosités des falaises du Holm, les œufs déjà pondus par certains des oiseaux de mer.

Il avait appris aussi à les distinguer entre eux, au premier coup d'œil, dans les tourbillons ailés que son apparition faisait se lever devant lui, sur les îlots.

Il reconnaissait et nommait, sans trop se tromper, les *Mouettes*, les

Guillemots, les *Goélands*, les *Puffins* les *Cormorans*, les *Plongeons*, les *Pétrels*, les *Hirondelles de mer*, les *Macareux* à gros bec, les *Pingouis*, etc., enfin les *Eiders*.

Ceux-ci ne construisaient pas encore sur les *vaer* le précieux berceau de leur famille future. Mais, arrivés de toutes parts en nombre considérable, on les voyait toute la journée, quand le temps était clair, pêcher assidument, ou voler, se poursuivre et se chamailler, se becqueter, du matin au soir, autour des îlots, ou bien battre l'eau de leurs pattes palmées, au-dessus des bas-fonds, pour en remuer les sables et en faire sortir et remonter les mollusques, vers et animalcules marins dont ils se nourrissent à défaut de poissons.

M. Barnabé devint, théoriquement, très fort sur les mœurs des Édredons. Si bien qu'en attendant l'arrivée du soi-disant sloop, il prit la résolution de faire part de sa science de récente acquisition à ses amis de Versailles, et, en même temps, de leur donner de ses nouvelles.

Une fois que j'aurai écrit à maître Cabestan et à madame veuve Montatairé, se disait-il, une bonne lettre qui les rassurera sur mon compte, et que le sloop emportera quand il repartira d'ici, je serai en règle avec la société civilisée, et je pourrai désormais me livrer, tête baissée, sans remords, à la chasse aux édredons sauvages.

Aussi, par un soir de pluie torrentielle, dans la grande pièce du Borg, qui était à la fois la cuisine, la salle à manger et le salon où l'on se réunissait après les travaux du jour, M. Barnabé apprêta plume, encre et papier, et mit à exécution son projet épistolaire, tandis que Nils lisait un des livres de la petite bibliothèque

qu'il avait eu soin d'apporter de Copenhague, et pendant que Mlle Gêfle, le ménage fait et rangé, se livrait à des travaux d'aiguille.

La pluie tombait sans relâche et le vent mugissait ou sifflait autour du borg solitaire, indestructible sur son assise de granit et de gneis. Les éléments combinés faisaient rage contre lui, en dehors mais, entre ses murailles, il offrait le doux et paisible

... Tels que chutes sans gravité.

tableau d'un intérieur de famille sous la lampe amicale.

Monsieur Barnabé écrivit donc ce soir-là et longuement, en premier lieu à madame Montataire.

Il lui apprenait, d'abord qu'il était définitivement à l'abri de toute indigestion et de toute fièvre putride ayant pour cause l'ail, et à des centaines de lieues de la rue de l'Orangerie.

— « Je vis perché, comme un joyeux cormoran, lui disait-il, sur un rocher, en pleine mer, et, si Henri IV était né ici, son respectable père n'aurait jamais pu lui frotter les lèvres avec l'horrible chose que vous savez, car l'horrible chose n'y pousse pas. »

Et il ajoutait, entre autres détails qu'il n'est pas utile ou indispensable d'enregistrer dans ces pages, le renseignement qui suit :

— « Je vous apprendrai, madame Montataire, et soyez-en satisfaite, que vous aviez bien raison de me dire que le duvet d'un Edredon (et non pas *Egledon*, madame !) du prix de celui qui gît sur mon lit, à Versailles, n'est pas du duvet d'oie. C'est le duvet de l'*Anas mollissima*, un superbe canard de mer, de taille médiocre, qui offre, chez le mâle, de

Les Eiders.

belles couleurs. La tête est d'un velours vert barré de violet chatoyant. Il a le col et le poitrail d'un blanc vif. Son ventre est roussâtre. Ses ailes, blanchâtres près du dos, ont leurs grandes plumes d'un beau noir. Le croupion, sauf votre respect, est noir. Les pattes sont vertes. La femelle, d'un plumage plus modeste, roux, strié de tons plus foncés, a l'aspect d'une poule faisane. Tel est l'*Eïjderdun* (prononcez *eïdr'dun*) dans les

rochers où je suis campé pour trois mois. »

Sa missive à Mme Montataire terminée et mise sous enveloppe, M. Barnabé passa à celle que devait recevoir, non sans étonnement, maître Cabestan, notaire, à Versailles.

Mais connaissant le goût de l'officier ministériel pour les belles-lettres, notre échappé de Seine-et-Oise crut qu'il serait bon de déployer un peu plus que de la prose dans le récit de ses faits et gestes, et il lui adressa une longue *Épître* à la Boileau.

On ne peut, hélas, reproduire en son entier le beau morceau de poésie classique, descriptive et familière, que M. Barnabé composa à l'intention de son notaire. Il faut savoir se borner.

Mais le fragment qui va suivre, bien qu'il ne soit pas considérable, donnera une idée suffisante de la chose.

Après avoir donné, — en vers! — sa présente adresse à son notaire, en le priant toutefois de ne lui envoyer 'de réponse (s'il en éprouvait le besoin) qu'à Copenhague, chez M. Tausen, où il serait de retour trois mois plus tard, M. Barnabé, Robinson poète, parlait de ses travaux en ces termes d'une exactitude... relative :

Cependant que l'été sourit et fond la neige,
Loin des gens du Midi, funestes dans leurs dons,
Sur une île déserte aux bords de la Norvège,
Je suis Berger d'oiseaux et Chasseurs d'édredons.

Oui, j'excelle à ravir. dans le nid solitaire
D'un oiseau qui n'est point la poule ni le coq.
Un duvet, un trésor! (Apprenez-le, notaire!)
Qu'entourent cent dangers sur mon terrible roc!

« Enfin, je fonds en eau, — juger de mon mérite!
Afin de vous donner ce duvet qui, l'hiver,
Vous enchaîne en vos draps, ô vieillard Sybarite,
Et qu'en bravant la mort je dérobe à l'Eider!

M. Barnabé n'avait encore rien dérobé du tout à l'Eïder, et, dans son transport poétique, il mentait comme un pur arracheur de dents; mais, en altérant ainsi la vérité, il se croyait sans doute autorisé à le faire par le proverbe qui dit que « l'intention est réputée pour le fait... »

Or il avait la ferme intention, sans reculer devant les réelles difficultés et même les périls qu'offre le métier de chasseurs d'édredons, de s'y livrer complètement, et de tout cœur.

Cependant Mlle Gèfle aurait ri plus malicieusement que de coutume, tout en tirant l'aiguille, si elle avait pu lire, par dessus l'épaule de l'écrivain, le récit prématuré de ses exploits, car, la veille, loin de ravir à l'Eïder, triomphalement, la plus petite plume, il avait failli aussi sérieusement que piteusement, être entraîné dans la mer par une puissante morue qui avait mordu à sa ligne, tendue tout bonnement pour un merlan. Sans l'aide de la jeune fille, il eût piqué une tête, de quelques mètres de hauteur, dans le bouillon d'Amphitrite.

Un peu pâle, à l'issue de la lutte, et la morue domptée, il avait vivement remercié Gèfle d'être venue à la rescousse, en lui jurant une reconnaissance éternelle.

— Vous m'avez sauvé la vie, Gèfle, c'est maintenant entre nous un pacte que la mort rompra seule.

— Bah ! Vous auriez bu un bon coup, voilà tout, monsieur Barnabé, et vous ne me devez aucune reconnaissance.

— Oh ! pardon, Gèfle ! Je ne l'oublierai jamais. — Mais quand je pêchais dans la pièce d'eau des Suisses, où j'attrapais parfois un gardon, après une semaine d'attente, je ne me doutais guère qu'une morue avait la force d'un... cheval ! Et, du reste, riez si vous voulez, Gèfle, mais, à Versailles, je croyais que la morue était un poisson plat, à la voir toujours sous cet aspect chez les épiciers, pendant le carême. Maintenant me voilà aussi fort sur les morues

que Me Cabestan, mon notaire, l'est sur les boussoles !

Mais comme Mlle Gèfle ne pouvait lire ce qu'écrivait M. Barnabé, elle resta sérieuse, à côté de son frère, lequel, ayant assez étudié, s'était mis à sculpter au canif un morceau de bois tendre, pour en faire un manche de couteau. Pendant que le frère

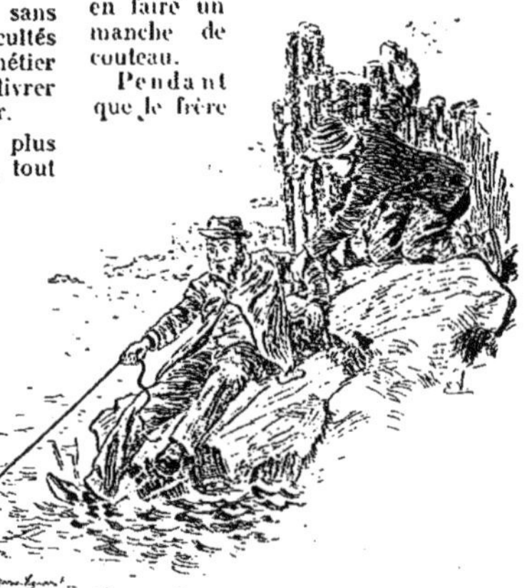

Il avait failli être entraîné dans la mer.

et la sœur travaillaient selon leurs goûts, le poète achevait sa correspondance rimée.

Après quoi, il s'écriait, avec un soupir de soulagement :

— Que le sloop vienne maintenant quand il voudra, me voilà en règle avec l'univers extérieur !

— J'ai écrit, tantôt, à M. Tausen, moi, dit Nils.

— Eh ! vous m'y faites penser, mon garçon ! J'allais oublier d'avertir cet excellent homme, en le remerciant de nouveau de ses soins, que je ne suis pas du tout décidé à revenir sur la côte. Vite ! un mot à la hâte, et puis après, si vous le permettez, mes enfants, j'irai prendre un repos que j'ai bien gagné, je crois. Il me semble que j'ai un peu plus de vingt ans aujourd'hui. C'est drôle !

— Nous irons nous coucher aussi,

monsieur Barnabé, et avec plaisir.

La lettre expédiée, les trois solitaires du Holm regagnèrent leurs logements, et la tempête qui ne cessa de hurler autour du borg pendant la nuit entière ne les empêcha nullement de dormir à poings fermés.

M. Barnabé s'était si bien habitué à son nouveau domicile, et y goûtait, un repos si profond que, cette nuit-là même, bien loin de rêver, en dormant, que les murailles et le plafond tremblaient à lui tomber sur la tête, il songea qu'un petit oiseau chantait à sa fenêtre!...

Le lendemain, le temps continua d'être fort mauvais. Le surlendemain, la mer redevint calme, mais il tombait encore une pluie peu agréable à recevoir.

On fut obligé de rester dans le Borg. Mais l'ouvrage à faire n'y manquait pas.

On emballa les quelques centaines d'œufs déjà recueillis dans des caisses garnies de sciure de sapin sèche, et les plus belles plumes quelconques, ramassées çà et là, furent empaquetées.

Avant de procéder à cet empaquetage, Mlle Gêfle avait montré à M. Barnabé à les battre sur des claies d'osier, afin d'en faire tomber toutes les souillures.

— Cela me donne l'air, disait l'élève, des cardeurs de matelas de Versailles assénant des coups de baguette sur la laine, et je donnerais bien quelque chose pour que les misérables Sarlaboux pussent me voir dans cet exercice, car ils se croiraient déshonorés de connaître un plumassier de mon espèce et ils ne m'inviteraient plus à leurs affreux dîners !

— — Vous semblez en vouloir beaucoup à ces Sarlaboux ? demandait le professeur de battage.

— Tiens ! au lieu de me sauver la vie, comme vous l'avez fait, ma bonne Gêfle, ils ont failli m'empoisonner un jour... Mais n'en parlons plus ! Ici je suis hors de leur atteinte. Battons, battons la plume ! c'est plus sain.

— — Eh ! pas si fort, M. Barnabé; vous les briserez !

— Vous croyez ? — Ah ! c'est que quand je m'y mets, moi, je vais de

tout cœur à la besogne, sauf avec les morues, pourtant, ajouta le Versaillais en riant, et en toussant avec violence.

En effet ses procédés de battage à toute vapeur avaient soulevé des nuages de fine poussière, et il en avalait de pleines gorgées.

Il dut se modérer, et il accomplit son travail avec une précision, un calme, et même une grâce qui lui valurent les éloges joyeux du frère et de la sœur.

A l'approche de la nuit, le fameux « sloop » fut signalé au large par Nils, et l'on descendit à la grève pour le recevoir officiellement.

CHAPITRE X

HA-HO!... HA-HO!...

Le soi-disant sloop apportait, avec les bagages de M. Barnabé, la nouvelle, à prévoir du reste, que M. Tausen, retourné à Drontheim, devait être pour le moment en route pour Copenhague.

Son habituel correspondant commercial, à Kristiansund, restait chargé, comme tous les ans, pendant l'été, d'envoyer au Holm, hebdomadairement, un bateau à marche rapide, destiné à emporter les récoltes des bergers d'oiseaux.

Le sloop embarqua donc les œufs et les plumes déjà recueillis par les trois solitaires, ainsi que leur *courrier*, et les quitta vingt-quatre heures après son arrivée.

Le temps était redevenu superbe, il semblait devoir se maintenir longtemps au beau fixe.

La mer scintillante ondulait doucement avec de légères écumes autour des îlots, et les habitants du Borg, en naviguant dans les étroits canaux qui les séparent, ne risquaient plus, comme les semaines précédentes, d'en revenir trempés des pieds à la tête.

M. Barnabé en arrivait même à déclarer que son surtout ciré, dont il était enfin muni grâce à l'obligeance de M. Tausen, était un vêtement inutile et asphyxiant par la chaleur qu'il faisait.

Et pourtant cette chaleur dont il se plaignait parfois n'était qu'une chaleur relative. Le thermomètre ne marquait que 8 degrés au-dessus de zéro, et, à Versailles, au lieu de trouver qu'il faisait étouffant, M. Barnabé eût dit : « Il fait *frisquet*, ce matin. »

en ce moment de l'année, a son pôle nord incliné du côté du grand foyer de la vie du monde. Dans quelques jours, cher monsieur, si l'atmosphère reste claire et pure, il n'y aura plus de nuit véritable entre le coucher du soleil et son lever. Un crépuscule transparent la remplace. Et, au milieu du mois, au solstice, ce crépus-

Battons, battons la plume! c'est plus sain.

Mais, enfin, c'était la chaleur du début de l'été, et le mois de juin était arrivé. Le soleil se levait maintenant à une heure si matinale et se couchait si tardivement dans la soirée, que le Versaillais en était comme ahuri.

Il ne comprenait rien à la présence prolongée de l'astre dans le ciel, et il en parla à ses compagnons.

— Oh ! c'est que dans les latitudes où nous sommes, lui répondait Nils, l'été ne se comporte pas comme en France, il est bref. Mais le soleil reste beaucoup plus longtemps que chez vous sur l'horizon. La Terre,

cule sera très court, et le soleil disparaîtra à peine quelques instants sous l'horizon. Si nous étions au delà du Cercle polaire, trois degrés plus haut, vous verriez même fort bien le soleil à minuit, et, plus haut encore, les journées sont de vingt-quatre heures pendant pas mal de semaines.

— Sapristi ! Cabestan ne verra pas cela, à Versailles, lui, quoique notaire !

— Certes, non, monsieur Barnabé !

— Et de plus, pendant la journée, votre soleil du Nord est diablement chaud, Nils !

— Oui, pas mal comme cela. C'est agréable !

— Et c'est bien heureux, ajoutait Mlle Gèfle, car maintenant nos édredons n'attendent plus, pour nicher, qu'une seule chose, et c'est que le soleil ait desséché, dans les creux des rochers, les plantes, mousses et herbes que le printemps y a fait croître, afin de s'en servir pour la construction de leurs nids...

— Ah ! bah ? Ils attendent cela !

— Oui, ils utilisent les matériaux dont je vous parle, en y ajoutant des algues et des fucus secs, et ils garnissent le tout d'un bourrelet de duvet. C'est la femelle qui est chargée de ce travail, et c'est en s'enlevant de la poitrine à coups de bec le duvet en question, qu'elle accomplit ce devoir de famille...

— Et permettez-moi de dire à ce propos, ajouta Nils, que c'est la constatation lointaine, par les naïfs voyageurs d'autrefois, de cet enlèvement maternel du duvet, chez les pélicans, par exemple, qui a donné naissance à cette addition et à cette erreur séculaires que le pélican se perce le flanc pour nourrir ses enfants. Il ne se perce pas le flanc, il se dégarnit le poitrail, voilà tout, et c'est déjà bien du dévouement.

— Et ce dévouement est tel, chez les eiders, poursuivit avec feu Mlle Gèfle, que si, après leur avoir enlevé leurs œufs, on leur enlève aussi (comme nous allons le faire, et bientôt sans doute) le tendre duvet qui ouate leurs nids, les pauvres femelles, sans un seul instant d'hésitation, recommencent à se dépouiller pour regarnir leurs nids sur de nouveaux frais. Et si (comme nous aurons le triste courage, hélas ? de le faire encore) on leur vole une seconde fois et leurs œufs et ce second duvet,

elles s'arrachent une troisième fois le peu qu'il leur en reste...

— Ah ! les pauvres bêtes ! C'est cruel !...

. — Seulement, dit Mlle Gèfle, pendant cette troisième tentative d'établissement de leur nid, le mâle qui, jusque-là s'est borné à faire sentinelle aux environs comprend qu'il doit montrer enfin quelque dévouement à son tour et quelque courage, et alors c'est lui qui fournit, en grande partie, avec son propre duvet, qui est merveilleusement élastique et beau, le délicat matelas qui doit tenir au chaud la future couvée...

— Et si on leur chipe encore ce troisième duvet?... Mais, alors, ce serait de la barbarie!...

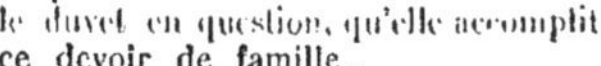
Il se dégarnit le poitrail.

— Et de la barbarie ruineuse, dit Nils, car avec ce système d'exploitation à outrance des eiders, on en arrêterait très rapidement la reproduction. Et alors, pour un profit immédiat, il est vrai, mais en somme léger, on ferait comme l'imbécile avare de la fable, on massacrerait la poule aux œufs d'or. Non ! Rassurez-vous, monsieur Barnabé. On n'est ni rapace, ni si stupide que cela, dans le Nord. On respecte (et d'ailleurs il y a encore à ce sujet des lois très sévères pour vous le rappeler, au besoin), on respecte la troisième couvée des eiders. Et c'est seulement quand les petits sont bien élevés, et par flottilles glissent sur les lames, autour des roches, en compagnie de leurs parents, qu'on visite une dernière fois les nids, alors abandonnés, pour y prendre ce que le vent et les pluies de la fin d'août y ont laissé de duvet...

— Ah ! votre explication me soulage; mais dites-moi, Gèfle, et vous Nils qui êtes si savants, de qui tenez-vous tous ces détails, car, si je ne me trompe, c'est la première fois que vous êtes... pasteurs d'édredons ?

— Sans doute ! mais nous avons reçu les leçons d'un vieux gardien d'*Egge-Vaer* qui vit, retiré des affaires, chez M. Tausen; il a été notre professeur. C'est un homme d'expérience et du métier...

— Ah ! c'est juste, je l'oubliais...

— Seulement, reprit Nils, il est certains conseils de notre brave professeur que nous ne suivrons pas. Par exemple, il prétend que de planter dans le nid de la bête un petit bâton d'une vingtaine de centimètres, cela force l'eïder à pondre assez d'œufs pour recouvrir et cacher le bâton. C'est un on-dit qui a cours en Islande; mais le fait est faux. L'oiseau arrache le bâton, ou change de nid, voilà la vérité.

— A propos de nid, mes amis, interrompit M. Barnabé, je ne sais si le beau temps, enfin revenu, va décider les édredons à se créer bientôt une postérité, mais, ce que je puis vous affirmer, c'est que les îlots, depuis ce matin, sont certainement visités par des paons.

— Des paons ?.. oh ! M. Barnabé !...

— Oui, mes enfants, tout extraordinaire que puisse vous paraître la chose. Vous avez un soleil à vous, dans le Nord, mais, nous, à Versailles, nous avons des oiseaux que vous ne connaissez pas...

— Oh ! pardon !... nous savons bien ce que c'est qu'un paon...

— D'accord. Mais en avez-vous jamais entendu crier un ?

— Non. Ceux que nous avons vus, au musée, à Copenhague, sont empaillés.

— Eh bien, moi, je connais le cri du paon, et je ne peux pas le confondre avec un autre, pour une bonne raison, c'est que le paon m'appelle par mon prénom, quand il crie. Or je me prénomme Léon Barnabé (de Versailles), et lorsque le paon chante, c'est bien connu, il dit : Lé-on!... Lé-on !

Mlle Gêfle regarda M. Nils. M. Nils regarda Mlle Gêfle. Puis tous les deux se mirent à rire.

— Eh bien ! qu'est-ce qu'il vous prend ! Oui, je m'appelle Léon, de mon joli petit nom, et, ce matin, j'ai distinctement entendu, là-bas, sur les *Vaër*, des oiseaux crier ce que je vous dis, donc ce sont des paons.

— Cher monsieur Barnabé, nous n'avons pas entendu les cris en question, dit Gêfle, mais la nouvelle que vous nous en donnez nous est des plus agréables. Elle nous apprend que les eïders sont en train de bâtir leurs nids. Car ce sont les mâles des eïders, et non des paons, qui poussent, quand ce moment-là est arrivé, d'une voix rauque et gémissante, les *Hâ-hô!.., Hâ-hô!...* que vous avez pris pour des Lé-on!... Lé-on !

— Vous croyez ?

— Nous en sommes certains.

— Je me disais aussi : des paons, au milieu de la mer, vers le 63e degré de latitude, à deux pas du Cercle polaire, c'est un peu fort !...

— Ce serait aussi étonnant en effet que de trouver encore en décembre, dans notre cher Danemark qu'elles affectionnent, les bonnes et braves cigognes qui viennent l'été s'y installer par milliers. En décembre, il y a longtemps que les cigognes sont reparties pour les pays du Midi...

— C'est juste.

Mais, en songeant au départ des cigognes, et au but de leur voyage, toutes les antipathies de M. Barnabé furent comme galvanisées, et il s'écria, après un moment de réflexion :

— Eh ! que diable les cigognes vont-elles chercher dans le Midi, où il n'y a que de l'ail ! c'est absurde !

— Oui, mais elles y retrouvent la chaleur et la lumière, et c'est si beau la lumière ! dit Mlle Gêfle avec transport. La lumière ! Ah ! monsieur Barnabé, si vous habitiez toujours dans ces pays, sur la côte, là-bas, où neuf mois de l'année sont si noirs, si monotones, vous l'adoreriez, la lumière !

— Eh ! je l'aime autant que vous, la lumière, Gêfle ; mais ce que j'abhorre, c'est l'assaisonnement qu'on lui fait, dans le Midi.

Comme M. Barnabé avait mis un certain emportement dans ces dernières paroles, Nils et Gêfle jugèrent qu'insister sur ce point serait faire vibrer douloureusement la corde sensible favorite de leur compagnon, et ils passèrent à un autre sujet de conversation.

Nils proposa l'escalade et l'exploration des falaises de l'ouest du Holm, négligée jusqu'alors par suite des vents violents du large qui avaient battu la côte pendant tant de jours.

M. Barnabé, lui, demanda pourquoi on n'irait pas plutôt visiter les *Vaer*, puisque les Edredons y nichaient déjà.

Mais Gèfle lui expliqua qu'il fallait donner le temps aux femelles de triompher de leurs hésitations dernières, et de s'installer.

— Il faut leur inspirer, avant tout, le sentiment d'une sécurité profonde, dit-elle. Une fois les nids construits, elles se décident rarement, même à l'arrivée d'êtres humains, à les abandonner. Et, alors, on peut tenter la récolte des œufs et de la plume, avec prudence. Y aller prématurément, ce serait compromettre la récolte...

— Vous devez avoir raison, Gèfle, et nous suivrons alors l'avis de votre frère. On ira aux falaises après déjeuner, car, en causant, nous l'avons un peu oublié, le déjeuner, et je me sens un appétit... de... de quinze ans, ma foi oui; il me semble aujourd'hui que je n'ai que quinze ans.

— Le déjeuner ne sera pas brillant, monsieur Barnabé. Il se composera seulement, si vous le permettez, de brebis séchée et de pain d'avoine. Vous excuserez la ménagère. Mais nous aurons une belle omelette à la marmelade de poires de Drontheim. Elles sont célèbres, ces poires-là.

M. Barnabé fit une légère grimace. Il n'avait qu'un goût très modéré pour ces lanières de chair de mouton ou de brebis, simplement séchée au vent d'hiver, et mangée crue, qui sont un des mets favoris des vrais Norvégiens. De plus, le pain d'avoine, en minces plaques circulaires assez semblables pour la saveur et la tendresse à des crêpes préhistoriques, ne lui allait que tout juste. Mais il avait un faible pour les omelettes d'œufs d'oiseaux de mer à la marmelade de poires. Sa grimace s'acheva donc dans un sourire.

— Je ne veux pas vous faire manger du poisson tous les jours, d'ailleurs, ajouta Mlle Gèfle. On dit que c'est à l'usage excessif et exclusif du poisson frais et gras que la Norvège doit les lépreux, trop nombreux, hélas, pour lesquels elle a été obligée de construire des hôpitaux spéciaux.

— Comment ! il existe des lépreux dans le Nord ? — Je croyais que le Midi, que l'Orient enfin, était seul affligé de cette horrible affection.

— Hélas, non. Il y a des lépreux en Norvège !...

— Diable ! A moi le pain d'avoine, alors, et le sirop de mûres sauvages à défaut de citron ! C'est excellent comme préservatif et antiscorbutique.

— Certainement. M. Nordenskjold s'est félicité d'en avoir emporté une bonne provision pendant son fameux voyage circumpolaire. Il n'a pas eu un seul malade.

— Alors, allons nous mettre à table, mes amis, s'écria M. Barnabé, souriant de nouveau, et parfaitement rassuré.

Et, avec une galanterie de geste qu'on goûtait fort, à Versailles, il offrit son bras à Gèfle.

Mais il tempéra la façon cérémonieuse dont il s'y prit par une véritable gaminerie.

Car il se mit à crier, en invitant Nils à les suivre : « Hâ-hô!.. Hâ-hô!.. »

Les deux bergers d'oiseaux le regardèrent d'un air ébahi.

— Oh ! qu'est-ce que vous voulez ! dit M. Barnabé. Je suis en vacances; le temps est admirable, et je n'ai que quatorze ans !

CHAPITRE XI

LA CAVERNE DES LUNDES

Une sombre muraille de basalte, à pic, d'une hauteur de près de trois cents pieds, constitue, à l'ouest du Holm, l'indestructible rempart qui protège l'intérieur de l'île contre l'effrayant et presque perpétuel assaut des gigantesques lames de l'Océan boréal.

C'est au sommet, étrangement crénelé, ou plutôt déchiqueté, de ce rempart formidable que nous retrouvons, après leur repas, les trois chasseurs d'édredons.

Il offrit son bras à Gëfle.

Ils se sont munis de paniers, de cordes éprouvées, de crampons, de longs bâtons armés d'un crochet de fer, et d'un lourd pieu pointu d'un bout, de même métal.

— En faisant le tour du Holm en canot ces jours-ci, dit Nils, j'ai aperçu, à mi-hauteur, dans la falaise qui nous porte en ce moment, une large ouverture, entre autres, d'où s'envolaient et où arrivaient à tire-d'ailes des centaines d'oiseaux, des *Lundes* principalement, ce qui m'a surpris; car, généralement, ils ne juchent pas à des étages si élevés.

— Oui, mais ici, dit Gèfle, les coups de mer qui s'abattent à la base du rocher rejaillissent probablement à une hauteur telle que les *Lundes* ont cru prudent de se loger tout à fait à l'abri de leurs crêtes suprêmes pendant les gros temps. Et puis cette grotte leur offre peut-être le confort qu'ils aiment ?

— C'est possible. En tous cas, mon intention est d'aller explorer un peu la caverne de ces *Lundes*. Elle doit regorger d'œufs.

— Qu'entendez-vous par des *Lundes?* demande M. Barnabé.

— Ce sont les macareux à gros bec, *Lunde* est un mot du pays. On les appelle aussi Moines, à cause de leur capuchon et de leur manteau noir tranchant sur un ventre blanc ou gris. Leur nom scientifique est *Fratercula artica*.

— Bon. J'y suis. Je les connais.

— Eh bien, alors, fichons solidement, ici, entre ces deux blocs, le pieu de fer. Là ! Il est inébranlable à présent. Passez-moi la corde, Gèfle, et, vous savez, du sang-froid, de la prudence, pas de précipitation dans la manœuvre, ma fille, et tout ira bien.

— C'est entendu, frère. M. Barnabé sait son métier, à présent, et il tiendra le bout de la corde avec moi.

— Lorsque je serai établi sur ma planchette, ajoute Nils, en dehors de la falaise, suspendu au câble comme une araignée à son fil, et pas plus gros qu'elle, d'ailleurs, pour les gens qui me verraient du large, vous ne céderez de la corde que pouce par pouce, en douceur. Le câble ne rompra pas, n'ayez point peur, monsieur Barnabé. Mais il ne faut pas le lâcher ! Sinon, comme la muraille est à pic, et que je ne pourrais m'arrê-

C'est au sommet que nous retrouvons nos trois chasseurs d'édredons.

ter ni me tenir sur les corniches étroites où se rangent les oiseaux, vu ma taille, je ferais un fameux saut... pour arriver en bas, et en bas c'est la mer aussi profonde au moins que la falaise est haute.

En écoutant Nils donner à sa sœur, d'un ton léger, les instructions qui précèdent, M. Barnabé eut un petit frisson. Les rochers d'énormes dimensions qui terminaient et couronnaient la falaise, en s'avançant un peu en dehors de sa paroi, l'empêchaient de voir ce *bas* de la muraille dont parlait Nils. Mais on entendait le flot le frapper d'une façon peu encourageante.

— Deux tours de corde autour du pieu de fer, d'abord, reprit Nils en procédant à l'opération. Le câble est bien huilé, il glissera facilement et sans saccade. Allons, encore un coup de maillet sur le pieu, pour faire bien les choses, et puis je me passe mon panier en bandoulière. Je n'oublie rien ? Mon harpon est passé dans ma ceinture ? Oui, le voilà. Mon sifflet ? je l'ai. Mon couteau est dans ma poche ? Oui. Je n'ai plus qu'à m'asseoir sur mon siège; il est bien accroché. Allons, mes amis, soyez bien tranquilles, et tenez bon ! D'abord mettez-vous plus loin. Vous en aurez plus de prise et moins d'efforts à faire pour retenir le câble. N'oubliez pas le signal. Quand je serai arrivé au niveau de la caverne, je sifflerai à plusieurs reprises. Prêtez l'oreille. Il n'y a pas de vent. Vous m'entendrez. Amarrez alors le câble autour d'un de ces rochers, et venez mettre la main sur la corde, en avant du pieu. Vous sentirez parfaitement les coups que je frapperai dessus. Ils vous diront que tout va bien. Un quart d'heure après, tâtez de nouveau le câble. Je le frapperai pour vous avertir que je demande à remonter. Attendez alors une minute, écoutez le sifflet, et, après l'avoir entendu, halez sur le câble, en douceur. Est-ce compris ?

— C'est entendu, frère

— Nous avons déjà fait la manœuvre vingt fois, monsieur Barnabé, ne vous troublez pas. Il n'y a pas de danger. Mais, du sang-froid !

— J'en aurai, mon bon Nils; mais nous ne vous avons pas encore descendu à cette profondeur, près de cinquante mètres, répondit le Versaillais. Vous n'avez jamais le vertige ?

— Jamais ! C'est à croire que j'ai été dressé par les habitants des Faroër, lesquels sont les plus grands dénicheurs d'oiseaux du monde, et qui opèrent tous les jours des descentes et des ascensions autrement

périlleuses, avec des instruments d'une bien moindre solidité.

— Alors, à la grâce de Dieu, fit solennellement M. Barnabé.

— Allons, reprit Nils, attention ! je vais me couler en dehors, par l'ouverture de ce créneau naturel, là. On le dirait fait exprès. Tenez bon. Je pars. A bientôt. Laissez filer...

— En disant ces mots, le jeune homme, dont M. Barnabé avait eu plusieurs fois déjà l'occasion d'admirer l'intrépidité et l'adresse, se mettait à cheval sur une courte planchette fixée au câble, et, tenant celui-ci d'une main ferme, se laissait peu à peu glisser à reculons, en s'aidant des pieds, vers l'abîme béant au-dessous de lui.

Une seconde après il avait disparu à leurs yeux.

Gêfle et M. Barnabé, contenant leur émotion, attentifs, l'oreille au guet, laissèrent filer le câble. Les deux tours qu'il faisait sur le pieu de fer rendaient la besogne régulière et facile.

Quelques instants plus tard, M. Barnabé dit à sa compagne :

— Amarrons ! voilà le sifflet.

Le câble énergiquement fixé, le farouche ennemi de l'ail regarda l'heure à sa montre, et respira fortement.

— Nils est arrivé à bon port, dit-il. Quatre heures vingt ? A la demie, nous consulterons le câble, ma bonne Gêfle. J'aime mieux être en avance qu'en retard, quand il s'agit des signaux.

— Oui, monsieur Barnabé, et moi, en attendant, je vais faire quelques mailles de plus à la paire de bas que je tricote pour Nils.

— Tricotez, mon enfant. Moi je contemple le paysage. Il est un peu sinistre autour de nous ! Rien que des pierres noires et nues. Mais la vue de la mer est admirable. De la hauteur où nous sommes, elle semble à peine palpiter.

Pendant que M. Barnabé regarde les flots et que Gêfle tricote, que fait Nils cent cinquante pieds plus bas, invisible pour eux?

Avec un léger balancement de pendule, mais, à l'aide de ses pieds, ayant su se maintenir la face tournée vers la falaise le long de laquelle il a lentement glissé, sans tournoyer, il est arrivé au niveau de l'anfractuosité qui bâille dans la muraille. Avec la lance à crochet qu'il trouve derrière son dos, passée dans sa ceinture, il parvient à atteindre et à accrocher un pan de rocher et s'est ainsi amené au-dessus de l'espèce de seuil de la caverne. Il y prend pied

pointe de rocher à laquelle il avait attaché son câble. Le câble n'est plus là !

Le nœud, chose horrible à constater, s'est lentement défait, le câble s'est détaché, il a repris la position perpendiculaire, et il se balance maintenant devant lui, dans l'espace, en dehors de la caverne.

Amarrez le câble autour de ce rocher.

vivement, sans lâcher le câble, et descend de sa planchette. Puis il amarre le bout du câble pendant sous son siège aérien, à une roche. Cela fait, il prend son panier, et s'avance dans le poulailler des *Lundes*, sans plus s'inquiéter de leurs cris perçants, de leurs vols effarés autour de lui, et de leur fuite éperdue, que s'il était au milieu de papillons.

Il reçoit pas mal de coups de bec, cependant; mais il active la dispersion des oiseaux avec son harpon. Ensuite, il se met à la récolte des œufs, dont il remplit son panier, après l'avoir garni de duvet et de plumes.

Il n'a qu'à se baisser pour en prendre partout, au hasard, dans des centaines de nids.

Son panier plein, il le remet sur son dos, et revient gaiement du fond de la caverne à son orifice extérieur, prêt à enfourcher de nouveau sa planchette...

Mais, soudain, il s'arrête, et alors il devient très rouge, en fixant des yeux démesurément ouverts sur la

Muet et résolu, le brave Nils s'avance sur le bord extrême de l'ouverture, tend un bras. Hélas !

Impossible de saisir le câble avec la main. Il s'arme alors de son harpon. Impossible encore ! Le manche de la lance est trop court.

Sans perdre courage, avec un sang-froid prodigieux, il examine s'il pourrait tirer quelque secours des matériaux de son panier. Mais ce panier est fait d'un treillis d'écorces de bouleau, minces et flexibles, qui ne peuvent lui servir à rien.

La corde, objet de ses ardents désirs, elle est là, oscillant toujours, mais insaisissable, à moins de deux mètres de lui. Parfois la brise la rapproche de l'ouverture, et elle se présente alors, tentatrice. Nils l'appelle de toute son anxiété, son harpon dardé vers elle; mais un souffle l'éloigne encore au moment où il va la toucher peut-être, dangereusement penché sur le gouffre des flots.

Il ne se décourage pas, et renouvelle vingt fois sa tentative.

Il juge enfin qu'il faut y renoncer, et se demande ce qu'il lui reste à faire.

Au-dessous de lui, c'est la mer et c'est la mort, car songer à s'y jeter, pour tenter de contourner la falaise à la nage, ce serait un suicide.

Comment prévenir, là-haut, les bons et doux amis qui attendent son signal en bavardant joyeusement, peut-être ? A cette pensée, son cœur se déchire affreusement. Mais sa présence d'esprit ne l'abandonne pas.

Il s'étend sur le dos, sur l'arête du seuil périlleux de la caverne devenue pour lui une prison, et, la face regardant le ciel, en dehors des roches, il souffle dans son sifflet, à coups mesurés, avec une énergie rare.

« Peut-être, se dit-il, malgré la voûte surplombante de ce trou de malheur, qui arrête les sons, mon signal sera-t-il entendu là-haut ! »

Là-haut ! là-haut, où est la vie, où est l'amitié, où est la tendresse, où est la joie ! Là-haut, où il ne reviendra plus sans doute !

Car il a bien peu d'espoir que l'appel strident du sifflet parvienne à franchir les parois supérieures de la caverne, parois qui le répercutent un instant, puis l'étouffent et semblent l'absorber.

Il siffle de nouveau, de toute la puissance de ses lèvres.

Puis il attend et se recueille, en proie à une lassitude qui l'inquiète; c'est la réaction de la terrible dépense de force nerveuse qu'il a faite depuis quelques moments.

Il se rappelle alors ce que l'ancien berger d'oiseaux qui a été son instituteur, à Copenhague, lui a raconté au sujet de catastrophes semblables, dans les Faroer.

Cet homme lui a dit que des Féringeois, des dénicheurs aussi, se trouvant dans la même atroce position que la sienne, et captifs comme lui, se voyant perdus, ne pouvant ni remonter ni descendre, et n'ayant que l'horrible choix entre la mort par la faim dans leur antre, et la mort dans les flots, étaient subitement devenus fous. Il y en eut un, pourtant, qui eut le courage de guetter, pendant des heures, de ses yeux enflammés, le moment où le vent, dans un de ses caprices, pourrait amener la corde pendue à sa portée, et, quand arriva ce moment épouvantable, il se lança à corps perdu, au vol, à la rencontre de la corde, dans le vide ! Il eut la chance inouïe de la saisir et de s'y cramponner avec une violence telle que, s'étant évanoui de joie, tandis que ses compagnons le remontaient, ses mains ne la lâchèrent pas, et il fut sauvé.

Le courage et l'agilité ne manquaient point à Nils. Et, sans doute, il n'eût pas reculé devant ce moyen suprême de salut; mais, hélas, la brise, qui balançait à peine la corde, était douce et faible, et il songeait que bien des jours s'écouleraient peut-être, en cette saison, avant que s'élevât un vent de tempête capable d'envoyer la corde près de lui.

Toujours couché, la figure tournée vers le doux azur, il voyait, comme dans un rêve, passer et tourbillonner les oiseaux de mer, troublés dans leur quiétude par la vue, inexplicable pour eux, de ce corps humain gisant à l'entrée de leur caverne. Quelques-uns s'approchaient, gémissant, heurtant de l'aile la corde abandonnée, et s'enfuyaient pris d'épouvante.

Nils ferma les yeux et perdit enfin connaissance ? Combien de temps. Il ne s'en rendit pas compte. Quand il les rouvrit et reprit ses sens, il regarda du côté de la corde, et l'aperçut, mais alors, sur la planchette, bravement à cheval, il y avait un être échevelé, grimaçant d'une façon extraordinaire.

C'était M. Barnabé, et il sifflait avec fureur.

Nils se redressa d'un bond et lui tendit les bras.

— Oui, mon garçon, lui cria M. Barnabé, c'est moi ! mais, sacrebleu, je n'étais pas venu de Versailles pour cela !

Des larmes s'échappaient des yeux

du Français, pendant qu'il jurait de la sorte.

Puis il reprit vivement et rapidement :

Il renouvelle vingt fois sa tentative.

— Vous vous étiez donc endormi ? non ? Bien. A plus tard les explications. Ne gaspillons pas le temps. Votre bonne sœur est là-haut, qui ne s'amuse pas, allez ! Mais elle a dix fois plus de sang-froid que nous, et

elle est solide comme une barre de fer. Accrochez votre harpon au mien. Je ne puis parvenir à me haler contre le roc. Manque d'habitude! Dépêchons, mon camarade! Vite.

Nils obéit, passivement, sans mot dire, et M. Barnabé mit pied à terre sur le seuil de la grotte. Après quoi, il agita violemment la corde qu'il n'avait pas lâchée un instant, et il siffla, en invitant son compagnon à siffler de son côté.

— Là ! Votre sœur est maintenant prévenue que je vous ai retrouvé et que tout va bien. Ouf ! Laissez-moi m'asseoir. Je suis un brin ému.

Tandis que M. Barnabé sifflait et soufflait, Nils sifflait sans relâche et, convulsivement, avec une véritable ivresse de bonheur, il étreignait le câble sauveur enfin remis dans ses mains. Ne se fiant plus à un traître nœud, il l'avait enroulé autour de son poignet, afin d'être bien assuré qu'il ne le perdrait plus désormais.

En quelques mots, il mit M. Barnabé au courant de l'accident qui lui était arrivé. Il avait recouvré son calme habituel, mais, en regardant son cher compagnon, son sauveur, ses yeux prenaient une expression de tendresse infinie.

Au bref récit que lui fit Nils, M. Barnabé répondit non moins brièvement, d'un ton léger, pour ne pas ranimer les émotions du jeune homme.

— Quand, après des minutes d'attente, qui ont été joliment lentes et rudes, je vous en réponds, mon garçon, nous avons enfin entendu votre sifflet, dont les sons nous paraissaient diablement lointains et singuliers, nous avons halé sur le câble. En le voyant nous revenir avec la planchette vide, vous devinez si nous avons reçu un fameux coup là. Mais il n'y avait pas à perdre de temps à se désoler. Cette pauvre Gêfle était pâle comme un linge ! Alors je lui ai annoncé que, si elle se sentait la force et le courage de manœuvrer toute seule la maudite corde, j'avais l'intention d'aller voir ce qui pouvait bien se passer dans la grotte des *Lundes*. La bonne fille m'a promis d'être bien calme. Alors, j'ai pris un harpon à tout hasard et je suis parti en voyage, en fermant les yeux un peu, d'abord, je ne vous le cache pas. Voilà !

— Comment reconnaître tant de dévouement ?

— Eh bien, ne le reconnaissez pas ! Hâtez-vous seulement de remonter là-haut rassurer la chère enfant. Laissez-moi votre harpon, je vais l'attacher avec le mien. J'ai de la ficelle en poche...

— Non, remontez le premier, vous, M. Barnabé, et je n'aurai aucune peine maintenant, avec ces deux harpons mis bout à bout, à rattraper le câble quand vous me le redescendrez.

— Allons, pas de façons ni de politesses, mon garçon. Remontez. Vous êtes le plus léger et votre sœur aura moins de mal. En route. Je vous l'ordonne. Gèfle est résolue, mais, à la fin, l'anxiété peut l'empoigner et l'affaiblir. Ce n'est qu'une faible femme avec une grande âme, en somme ! Partez, Nils ! Et n'oubliez pas, quand vous me renverrez la corde, de charger la planchette d'un fragment de roc assez lourd, de mon poids à peu près. Cela l'empêchera de flotter, de se balancer et de me passer devant le nez...

— Mon généreux ami !

— C'est entendu ; mais, vite, en selle ! Et une fois de retour là-haut, aussitôt après avoir embrassé Gèfle, envoyez-moi cinquante bons mètres de corde, sans attendre aucun signal. Je ne sifflerai, entendez-vous bien, que lorsque je serai à mon tour sur la planchette, et prêt à monter dans les airs. Mais c'est Me Cabestan et Mme Montataire qui seraient surpris, s'ils pouvaient me voir dans mes nouveaux exercices !

Les trois bergers d'oiseaux, une heure plus tard, étaient de nouveau réunis, sains et saufs, dans le salon-cuisir du Borg.

... ils n'eurent pas même l'idée de se mettre à table, cette fois.

Nils et Gèfle semblaient épuisés, maintenant que tout était fini. Il n'y eut que M. Barnabé qui prit un peu de nourriture, sur le pouce, en contemplant le frère et la sœur avec une immense satisfaction, qu'il s'efforçait en vain de dissimuler sous des grimaces variées.

CHAPITRE XII

LA MOISSON DES ÉDREDONS

Nous sommes à présent sur l'un des *îlots à œufs* de M. Tausen.

Il fait doux et le ciel est splendide.

Plusieurs jours se sont écoulés depuis l'aventure de la caverne des *Lundes*, et les trois bergers d'oiseaux, entièrement remis de leurs violentes émotions, ont recouvré leur énergie, leur calme, leur bonne humeur et leur appétit.

Mais aux rapports de simple sympathie qui les unissaient auparavant a succédé le sentiment d'une profonde et fraternelle amitié, indestructible désormais, et que seule la mort pourrait anéantir.

Le pacte a été conclu sans qu'il ait été prononcé des paroles ronflantes et solennelles, mais il n'en existe pas moins, solide et charmant, et on le voit bien aux regards affectueux, aux poignées de mains qu'ils échangent entre eux, chaque jour, en se retrouvant après les courtes séparations. qu'amènent les travaux quotidiens.

Mais, aujourd'hui, c'est ensemble qu'ils se disposent à moissonner dans les nids des ciders à leur première couvée.

Ils se sont glissés de grand matin, à bord de leur canot, dans les étroits et sinueux bras de mer qui circulent autour des Vaer, et ils ont déjeuné avant de se mettre à la besogne, car elle doit leur prendre la journée entière.

Ils ont déjeuné, gaiement, mais en silence, par précaution. Et pourtant, comme l'a fait remarquer M. Barnabé, on aurait pu, sans crainte d'effrayer les couveuses, non seulement causer, mais encore crier, hurler, ou jouer de l'orgue de Barbarie impu-

nément, car les « tendres » chants de
la basse-cour marine couvraient absolument tous les bruits humains.

En effet, au moment des pontes, les
habitants ailés des Vaer poussent de
afin d'arriver, sans être vu, le plus
près possible du canton habité de
préférence par les eiders sur l'îlot,
était obligé parfois de se boucher
les oreilles pour se soustraire un mo-

Accrochez votre harpon au mien...

tels cris, et produisent un vacarme
assourdissant si violent, qu'il est entendu au large, en mer, à des kilomètres de distance.

Et M. Barnabé, suivant ses amis
sur les roches, en se dissimulant
comme eux derrière les plus grosses,
ment au tapage des centaines, des
milliers de criards du Vaer et des
Vaer voisins.

Les trois explorateurs portaient chacun deux paniers au bras.

— J'ai l'air d'aller au marché de
la rue de la Paroisse, songeait

M. Barnabé. Dieu ! que Mme Montataire rirait si elle pouvait m'apercevoir, fagoté comme je le suis, en jersey de laine grise, avec un bonnet de laine noire à raies rouges, et des chaussures en peau de phoques, pointues comme des souliers de Chinoise!

— Oui; mais quelle belle mine rose vous avez maintenant sous votre bonnet, lui disait Gèfle, à qui il faisait part de la chose tout bas. Quand vous êtes arrivé au Borg, vous étiez de la couleur d'un jaune d'œuf.

— Parbleu ! je venais d'être empoisonné à Kristiansund !...

— Vous êtes guéri, à présent ?

— Radicalement.

— Chut ! ne parlons pas si haut, murmurait alors Nils, nous voici près des nids. Voyez-vous, là-bas, postés en sentinelles sur les pointes des roches, tous ces messieurs à chaperon vert, en beau gilet blanc, ce sont les maris des fabricantes d'édredons, attention ! Pas de brusquerie, mes amis. Allez droit aux nids, sans vous inquiéter des mâles qui vont crier et vous menacer, et doucement, de la main, faites partir les femelles. Elles hésiteront même alors, les pauvres bêtes, à se lever et à abandonner leurs œufs. Insistez sans gestes qui pourraient les effrayer. Elles nous laisseront à la fin la place libre.

— Et alors ?

— Alors, ramassez les œufs. Il y en a cinq ou six à la première ponte. Mais je vous recommande bien de ne pas effrayer les bonnes bêtes. Sans cela, le beau duvet *vif*, comme on dit dans le commerce, qui garnit le nid et que vous enlevez ensuite délicatement, serait souillé... par les suites de leur effroi. Vous avez bien compris, Gèfle ?

— C'est entendu, frère.

— Alors, monsieur Barnabé, plus un mot, en avant, d'un pas lent, méthodique, sans bruit, comme des fantômes !

— Un joli fantôme, avec mes paniers ! grommela M. Barnabé.

On suivit à la lettre les recommandations de Nils. On s'avança; les mâles proférèrent, en volant autour des trois inconnus qui apparaissaient soudain au milieu d'eux, un grand nombre de *hâ-hô* de surprise et d'indignation, et les femelles se décidant lentement, et c'était très touchant, à quitter une à une leur nid, firent entendre, réfugiées aux environs, à quelques pas à peine des envahisseurs de leur colonie, des *coins-coins-coins* semblables à ceux des canes, tout en regardant les rapts incompréhensibles dont elles étaient témoins et victimes.

En une demi-heure on dépouilla près de cent cinquante nids sur ce seul vaer.

— A d'autres ! murmura Nils à l'oreille de M. Barnabé.

Les trois amis rebroussèrent chemin sans hâte, en silence, et du pas calme dont ils étaient venus.

Hors de la vue des eiders dont le canton spolié retentissait alors d'un tumulte extraordinaire, ils changèrent d'allure et revinrent rapidement au canot, où le contenu du panier fut installé avec soin. Puis Nils prit les avirons et l'on alla aborder le plus prochain vaer.

Les mêmes scènes s'y passèrent et la même prudence y régna, amenant les mêmes heureux résultats.

Les autres îlots qu'on eut le temps de visiter ce jour-là ne donnèrent pas tous une moisson de l'importance de celle du premier vaer. Mais, cependant, au moment du retour, il y avait dans le canot plus de deux mille œufs, et, assurait Nils, au moins 80 kilogrammes de duvet superbe.

En regagnant le *Holm*, M. Barnabé tirait de l'aviron avec vigueur et majesté, en parfait canotier, mais cela ne l'empêchait nullement de bavarder.

Et il questionnait Nils et sa sœur sur la valeur du butin qu'on avait fait dans la journée.

— Tout cela vaut bien la peine qu'on se donne, je suppose, Nils ?

— Certes ! En France, notre beau duvet *vif*, gris pâle, sans mélange, vaut de 50 à 80 fr. la livre, selon sa netteté et son élasticité. A Kristiansund ou à Copenhague même, naturellement cela ne monte pas aussi haut; mais on s'en défait à un prix excellent. Quant au duvet *mort*, à celui qui provient des eiders blessés, tués puis plumés, il vaut peu de chose, il reste longtemps visqueux et ne *foisonne* pas comme le vif. Mais,

J'ai l'air d'aller au marché.

pour le duvet vif, blanc, pur, duvet rare, car il provient seulement de la garniture du nid de la troisième couvée, et est peu abondant, il est hors de prix. C'est un édredon de roi !

— J'en possède un, moi, à Versailles, d'une légéreté et d'une chaleur admirables, je l'ai payé cent francs.

— Ce doit être du beau duvet. Mais est-il naturel? je l'ignore. Car, hors de notre pays, le duvet de com-

Il y avait dans le canot près de 2.000 œufs.

merce courant est bien rarement sans altération. De même qu'on *fait* le vin chez vous, chez nos voisins on *fait* le duvet. Ainsi le duvet inférieur, et qui est tombé de bien des oiseaux autres que l'eïder, en un mot celui que nous avons recueilli les semaines passées, sera, à l'étranger, mélangé, par d'habiles spéculateurs, avec une certaine quantité de duvet vif et fin, et vendu comme duvet naturel.

— Comment ! Est-ce que mon ami Tausen *baptise* son édredon !..

— Oh ! non, monsieur Barnabé ! je vous dis que cela se passe hors de nos frontières, en Allemagne comme en France, où, j'ai le chagrin de le savoir, beaucoup d'intermédiaires ne

sont pas rigides sur l'article. Bref, loin des vaer, il y a très peu de duvet « naturel », de crû authentique enfin, surtout dans les prix inférieurs. Le duvet des oies de France, de Hollande et d'Allemagne, en outre, se glisse à petite dose dans les édredons.

— Oui, et, avec tout cela, on vous confectionne un duvet *Bon ordinaire*, comme on dit pour le vin chimiquement fabriqué !

— C'est tout à fait cela.

— Un mot encore, mon bon Nils. Car j'ai soif de pouvoir étonner Mme Montataire, à mon retour à Versailles, par la précision de mes renseignements sur les édredons.

— Dites, monsieur Barnabé ! Je sais peu de choses, mais tout à votre service.

— Que peut fournir, en moyenne, chaque nid, en fait de duvet ?

— De cent-cinquante à deux cents grammes. Mais il faut en défalquer les déchets, les brins d'herbe, etc. En tout cas, deux cents grammes seulement de vrai duvet, cela foisonne à la main et fait déjà un fort joli morceau !

Ici Gêfle prit la parole en riant, et dit au voyageur :

— Demain, et les jours qui suivront, nous continuerons la récolte, si le temps reste beau, toutefois ; car ramasser du duvet mouillé c'est une mauvaise besogne. Mais, s'il pleut, nous resterons à la maison, et, alors, M. Barnabé, en battant le duvet sur la claie, vous verrez quelles montagnes produira celui que nous rapportons en ce moment !

— Et je peux m'apprêter aussi à tousser, n'est-ce pas ? Voilà ce que vous voulez dire, Gêfle ? Et cela vous promet un fort amusement, hein ?

— Oh ! monsieur Barnabé !

Oui, oui, je sais ce que je dis. Tenez, Gêfle, vous n'êtes pas aussi bonne ni aussi charitable pour le pauvre monde que... ces dames les eïders le sont pour leurs amies.

— Tiens, et pourquoi ?

— Aujourd'hui, par trois fois, j'ai mis la main sur un nid où il y avait deux couveuses côte à côte. Eh bien, est-ce que ce n'est pas là une preuve de la bonté de cœur des eiders. Loin de se moquer de leurs voisines dans l'embarras, elles viennent les aider comme de bonnes âmes qu'elles sont... Attrapez cela !

— Eh bien, je ne rirai plus quand vous tousserez, et je ne vous dirai pas un mot, voilà.

Pendant que l'on causait et que l'on plaisantait ainsi, le canot avait fait un chemin considérable, et il arriva bientôt en face du Holm.

Le sloop hebdomadairement envoyé de Kristiansund y était amarré.

— Il arrive bien, dit Nils, et à point pour emporter demain nos œufs frais à la côte. Il aura le temps de les embarquer ce soir, car le soleil est encore haut, et il fera jour jusqu'à onze heures.

CHAPITRE XIII

UNE DERNIÈRE PARTIE DE PÊCHE

De semaine en semaine, régulièrement, pendant la fin de juin, pendant le mois de juillet et la première moitié d'août, le bateau de l'agent d'affaires de M. Tausen, à Kristiansund, revint au Holm et emporta les récoltes régulièrement poursuivies, sur les Vaer, par les habitants du Borg, en dépit des brumes qui souvent couvraient la mer et des vents parfois revenus au nord et glacés.

M. Barnabé bénissait alors les gros vêtements que lui avait procurés son ami, et il convenait que, malgré son soleil flânant longtemps sur l'horizon avant de s'éteindre, l'été du Nord n'avait rien d'excessif comme chaleur.

Mais il se trouvait toujours absolument heureux de son sort; les lettres de Versailles qui lui parvinrent dans son ermitage maritime ne lui donnèrent aucune attaque de nostalgie, et le souvenir des pâtisseries de la rue Satory ne lui tira pas même une larme !

Au commencement d'août, on enleva le duvet de la troisième et dernière couvée des eiders. Ceux-ci, à cette époque, après avoir eu, enfin, le plaisir de voir éclore leurs œufs et d'assister aux premiers mouvements de leurs petits, de véritables boules de poils gris, les accompagnaient maintenant à la mer, et procédaient à leur éducation.

Afin de ne plus troubler désormais ces scènes de familles où se préparait le succès de la campagne future, les chasseurs ne rendaient plus que de rares visites aux îlots des Edredons, et c'est avec une bonne lunette que le curieux M. Barnabé, installé sur le toit du Borg, complétait ses études d'histoire naturelle, en suivant de loin les évolutions des parents et des enfants autour des rochers.

Il n'y consacrait du reste qu'une faible partie de son temps, après les repas, en guise de dessert, car le battage, le triage, l'emballage des duvets, la mise en caisse des œufs, sans parler des autres travaux, lui donnaient, ainsi qu'à ses amis, dont il s'était fait le très utile collaborateur, une besogne considérable.

Il l'accomplissait avec une vigueur et une gaîté tout à fait juvéniles.

Le rentier oisif, malingre et maniaque, le triste promeneur du parc de Versailles, à qui ses concitoyens — Mme Montataire en tête — donnaient, à vue de nez, entre quarante-cinq et cinquante ans, était bien réellement redevenu, par l'allure et la santé, par la force et la bonne humeur, l'homme, de l'âge (fort acceptable, certes), des trente-huit années dont le dotait son acte de naissance.

Il semblait même, à le voir à présent soulever des fardeaux, grimper dans les falaises, ou ramer pendant des heures, que lesdits trente-huit ans n'avaient compté que des printemps, et pas un seul hiver.

Au milieu d'août, le bateau de Kristiansund, que M. Barnabé persistait à appeler un sloop, embarqua les derniers envois des trois solitaires, et il fut convenu avec le patron qu'il reviendrait prochainement les chercher eux-mêmes avec leurs bagages, en ramenant les quelques moutons qui devaient passer l'hiver sur le Holm, à la garde cette fois d'un vieux Norvégien de la côte.

La campagne était close, et elle avait été fructueuse.

On en supputait les produits dans la salle commune du Borg, le soir du départ des derniers ballots de duvet blanc, et Nils, plein de joie, annonçait avec bonheur à sa sœur qu'il retirerait probablement de leur travail de quoi lui assurer les moyens d'attendre à l'aise et tranquillement une place d'institutrice à Copenhague.

— Pour moi, disait le jeune homme, quelle que soit la bonté dont veuille user à mon égard M. Tausen, je ne puis me faire à l'idée d'une vie de bureau, et surtout après l'existence mouvementée et au grand air que j'ai goûtée ici. Mon père était sculpteur, et un peu casanier, mais mon grand-père était un marin, et j'ai dans le sang, voyez-vous, le besoin des voyages et des vastes horizons de la mer. Je supplierai M. Tausen de me trouver, chez les armateurs ses confrères, un emploi actif, un poste, si modeste qu'il soit, sur un navire au long cours. On exploite des phosphates au Groënland, et il ne me déplairait pas d'aller par là.

tage, ce soir-là, sur ce sujet, car il avait son idée, et depuis longtemps, et il avait songé que sa fortune si égoïstement employée pour son seul bien-être, jusqu'alors, lui donnerait un jour le plus délicieux des plaisirs que l'argent puisse procurer, celui de faire pratiquement le bien. Il avait résolu d'établir Nils et sa sœur selon leurs goûts, après s'être entendu avec son ami Tausen.

M. Barnabé qui faisait une partie de dames avec Gèfle.

Tout en écoutant le jeune homme, M. Barnabé, qui faisait une partie de dames avec Gèfle, souriait à quelque pensée intérieure fort agréable sans doute car il en devenait distrait et inattentif au jeu, au point de se faire « souffler » à chaque instant par son intelligente adversaire.

— Oh ! mais vous jouez bien mal ce soir, s'écriait Gèfle.

— Je vous demande pardon, ma chère enfant; c'est que, voyez-vous, je pensais à ce que dit Nils. Il est certain que Tausen et moi nous lui chercherons, dans quelques semaines, un emploi... actif, comme il dit. Ne vous tourmentez point à ce sujet-là, mon garçon ? on vous trouvera quelque chose... d'actif !

M. Barnabé n'en dit pas davan-

Mais il ne voulait leur faire part de son projet que lorsqu'on serait de retour en Danemark.

La partie de dames achevée, et gagnée par lui, malgré ses distractions, M. Barnabé, détournant la conversation vers un autre sujet, demanda ce que l'on comptait faire le lendemain et les autres jours, en attendant l'arrivée du sloop.

— Nous voilà rentiers, maintenant. Le borg a été remis en ordre de fond en comble, et il n'y a plus de duvet à fouetter. Que ferons-nous demain ? Pour moi, si je puis donner mon avis le premier, je propose une dernière partie de pêche. L'automne est venu déjà, dans votre Nord, mais la mer est belle, tranquille, et le temps, quoique frais, est encore superbe.

Nous irons un peu au large, car je désire contempler une dernière fois, dans son ensemble, ce cher archipel qui a été pour moi la Fontaine de Jouvence, où j'ai été si heureux, et où je ne reviendrai probablement jamais. Qu'en dites-vous ?

— Mais nous serons très heureux de vous accompagner où vous voudrez, monsieur Barnabé !

— Alors, c'est convenu, demain nous irons faire une provision de poisson frais.

Le lendemain, de bonne heure, le canot, bien nettoyé de tous les débris d'œufs cassés dont il avait été englué pendant la saison, fut pourvu d'un mât et d'une voile, pour venir en aide aux avirons, si la brise soufflait, et on le garnit de provisions de choix. On pouvait n'en plus faire d'économie, le moment du départ définitif allant bientôt arriver.

On embarqua aussi deux fusils et des cartouches, et un barillet d'eau fraîche.

— Avec nos vivres, nos armes et nos lourds vêtements de matelots, disait M. Barnabé, nous avons l'air de nous préparer à une expédition au pôle nord, plutôt qu'à une partie de pêche à la ligne. J'emporte ma bonne boussole de Versailles et mon télescope, mes amis, pour compléter la ressemblance.

— Pour moi, disait Gêfle, en riant d'un air boudeur, j'emporte... l'espoir de pouvoir reprendre à notre retour, définitivement, le costume de mon sexe. Il ne s'agit plus de dénicher des œufs pour vivre, il s'agit de redevenir une demoiselle destinée à poursuivre désormais l'étude du piano en oubliant les pauvres Edredons !

— Vous aurez votre piano, Gêfle, quand il en sera temps. Pour cette dernière promenade, conservez votre tenue de mousse. Elle vous va fort bien, d'ailleurs. Mais, quand vous serez réinstallée à Copenhague, au nom des anges ! ma bonne petite, restez-y, sous votre habit naturel, la parfaite ménagère que vous avez été ici et, — M. Barnabé se mit à frissonner et à imiter le sifflement du serpent à sonnettes, comme s'il était encore en Seine-et-Oise — et, poursuivit-il, restez-y toujours dans l'ignorance de

cette abomination qui est l'ail cuit !

Gêfle le promit en levant la main avec solennité, car elle savait qu'il ne fallait point plaisanter là-dessus avec l'excellent M. Barnabé.

On s'embarqua.

Poussé par une brise favorable, mais assez froide, qui venait de l'est, le canot s'éloigna rapidement des falaises du Holm, et quand on fut à quelques milles de distance, au large, on se prépara à la pêche, tout en courant des bordées en face du chapelet d'îles, petites et grandes, qui s'égrenaient, interminables, au ras des flots à l'horizon.

Au milieu de l'archipel, comme un vaisseau entouré de ses embarcations, s'élevait la haute muraille où les Lundes avaient joué un tour si affreux au pauvre Nils.

Mais, alors, tout en pêchant, les trois ex-bergers d'oiseaux, pour lesquels cette haute et sombre muraille était en quelque sorte un phare, un point de repère visible de très loin, la regardaient d'un œil affectueux, et le souvenir de ce qui s'y était passé les amena à se tendre la main et à se l'étreindre une fois de plus, avec une douce cordialité :

— C'est là que vous m'avez sauvé la vie au risque de vous tuer dix fois, M. Barnabé, dit Nils avec émotion. Ah ! Gêfle et moi nous ne savons comment vous exprimer tout ce que notre cœur...

M. Barnabé, feignant de ne rien entendre, s'écria avec brusquerie :

— Ça mord, sacrebleu, mes enfants ! Vous êtes là à bavarder !... Faites donc attention. Je ne bavarde pas, moi. J'ai appris à ne m'occuper que de ce que je pêche depuis le jour où Gêfle m'a empêché de suivre, au fond de l'eau, une diablesse de morue, qui était plus forte que moi. Car vous m'avez arraché au trépas, ce jour-là, Gêfle; je ne l'oublie pas, moi, mais *motus*, et surveillons les lignes.

On se remit à la pêche, et, avec tant d'ardeur et de succès pendant trois heures, qu'on ne prêta que peu d'attention à la buée argentée qui s'élevait de l'eau aux rayons du soleil, le voilant d'un léger crêpe.

« Ce sont des nuages qui passent »,

disait M. Barnabé, quand Nils, averti de l'épaississement de la buée par la diminution de l'éclat du jour, lui demandait s'il ne serait pas prudent de rentrer au port, avant que la brume se transformât en brouillard.

Le bon Versaillais, pêcheur acharné, oubliant qu'il n'était pas au bord de la Pièce d'eau des Suisses, ou du Grand Canal, à deux pas de sa ville natale, répondait invariablement aux sages paroles de son jeune camarade :

— Encore un coup de ligne, mon garçon, un dernier coup, et je suis tout à vous.

Mais quand ce dernier coup eut été donné et que M. Barnabé consentit enfin à plier bagage, il s'écria, très étonné de l'obscurité où l'on se trouvait tout à coup et en promenant ses regards circulairement :

— Où est donc la falaise des Lundes ? Je ne la vois pas !...

— J'ai cessé de la voir depuis cinq minutes, monsieur Barnabé, dit Gêfle, mais comme je n'ai pas voulu vous troubler...

— Ah ! diable ! je crois que j'ai fait une boulette en ne vous écoutant pas... Mais nous connaissons notre chemin bien mieux que le Petit Poucet ne connaissait le sien. En route, mes enfants. Amenons la voile tout à fait. Il n'y a pas de vent. Revenons à la rame ! Mais qu'il fait sombre ! Il n'est pourtant que... que sept heures, ajouta-t-il après avoir consulté sa montre. Eh ! mais, la brume augmente d'instant en instant. Nageons, Nils, et vivement, mon ami.

Nils et Barnabé s'armèrent des avirons; et le canot, piloté par Gêfle qui tenait la barre, fendit vigoureusement les lames, se dirigeant du côté où la jeune fille disait avoir aperçu, pour la dernière fois, la noire et haute muraille du Holm.

La brume était devenue un brouillard opaque, pesant, glacial, impénétrable au regard. Le soleil avait disparu. Et, dans le ciel lugubrement obscurci, il était impossible d'en soupçonner même la place à cette heure.

Au bout d'une heure passée entièrement à ramer, et sans parler, M. Barnabé, reprenant haleine et s'essuyant le front, dit à Nils :

— Depuis le temps que nous « nageons », nous avons dû faire la plus grande partie du chemin de retour, et nous devons ranger les falaises à présent ! Il ne faudrait pas pourtant se casser le nez dessus. Nous ne les voyons pas, c'est possible, mais elles peuvent parler. Passez-moi mon fusil. Bon.

Le canot s'éloigna rapidement.

M. Barnabé déchargea en l'air un coup de fusil.

— Ecoutons ? Si l'écho nous renvoie le son, c'est que nous sommes devant les îles, et à 400 mètres au plus. Cependant la mer est bien calme pour une mer qui bat des roches.

Aucun écho ne répéta la détonation. Du reste son fracas s'était éteint dans le brouillard, subitement, comme s'il avait eu lieu dans de l'ouate.

CHAPITRE XIV

BROUILLARDS D'ÉTÉ

Après un moment de silence, Nils se pencha vers M. Barnabé et lui dit à mi-voix, de façon à ne pas être entendu par sa sœur :

— Je commence à ne plus savoir où nous pouvons bien être, ni vers quel point de la côte nous courons... si nous courons vers la côte, toutefois, car, après le coup de feu resté sans réponse, je doute beaucoup qu'elle soit devant nous...

— Alors, il est fort heureux, garçon, que j'aie sur moi la *marinette* traitée si dédaigneusement par M⁰ Cabestan.

— Oui, c'est très heureux. Consultons-la, je vous prie.

— C'est l'affaire d'une seconde, et nous allons pouvoir rectifier notre marche à l'instant, si elle a besoin de l'être.

M. Barnabé tira sa montre, choisit, non sans une vive satisfaction, parmi les petits bijoux qui pendaient à sa chaîne, la breloque où était insérée l'aiguille aimantée, et fit une grimace de violent désappointement.

Le verre qui garnissait le fragile instrument, par suite sans doute d'un de ses brusques mouvements pendant la pêche, avait été brisé. Il n'en restait plus de traces, non plus que de l'aiguille tombée de son pivot. Tombée où ? Telle était la question. On la chercha. Nils explora les bordages et le fond du canot, M. Barnabé retourna les goussets de son gilet. L'aiguille resta invisible. Pendant cette recherche infructueuse, on fit aussi une autre constatation désagréable. Le barillet d'eau fuyait. Il n'en contenait plus que la valeur de quelques verres. Nils les recueillit dans une des bouteilles de bière de sapin que l'on avait si gaiement vidées en déjeunant.

Mais on déplora beaucoup plus vivement la disparition de l'aiguille aimantée que la perte de l'eau, attendu que le brouillard se résolvait en une bruine dont on pouvait se contenter au besoin en cas de soif, à défaut d'eau douce.

— Que cherchez-vous donc, messieurs ? demanda Gêfle.

Nils répondit d'un air dégagé :

— Un des petits joujoux de M. Barnabé. Il est tombé dans le canot. Ce n'est rien.

— Ce n'est rien, ajouta M. Barnabé. Cependant, je dois le dire à notre vaillante amie, nous sommes un peu dans l'embarras. Mais il n'y a rien de grave, en somme. Le brouillard va se lever d'un moment à l'autre, si le vent se met à souffler de nouveau, et nous n'aurons plus à hésiter, comme nous le faisons depuis quelques instants, sur la route à suivre...

M. Barnabé parlait en souriant, mais intérieurement il était plein de confusion, et même d'un véritable remords, car il sentait bien que son entêtement à donner un dernier coup de ligne, avait mis ses amis dans une position des plus désagréables.

Nils, devinant ce qui se passait dans l'esprit du pauvre Versaillais, essaya de le consoler, et en même temps de rassurer sa sœur, en disant :

— On en sera quitte pour attendre, prudemment, en panne, sans ramer, sur place enfin, du moins autant que la marée, la dérive et les courants nous le permettront, la fuite de ce maudit brouillard et le retour du temps clair, n'arrivât-il que cette nuit. Avec la lune, nous nous débrouillerons. Il s'agit d'avoir un peu de patience, voilà tout.

Mais, à l'étonnement de tous, et au vif chagrin de M. Barnabé, la terrible brume persista à dérouler sans arrêt, sans une déchirure, sur les vagues, les longs plis de ses sombres voiles. La vue était comme barrée par une muraille d'impalpable duvet tout autour du canot, à moins de dix mètres.

On se résigna, après de longues heures d'attente inutile, à prendre quelques dispositions pour affronter une nuit en mer. Tout le monde était las et fiévreux. On résolut donc de prendre un peu de repos tour à tour; Gêfle, bien entendu, fut dispensée, malgré ses instances, de prendre une part quelconque au service nocturne du bord

On dévergua la voile, et on l'en couvrit. Elle y était parfaitement à l'abri de l'humidité. Pleine de confiance dans ses amis, et sachant qui ressemblât à un coin du ciel ou de la terre.

Vers l'aube, c'est-à-dire au moment où, d'après la montre de M. Barnabé, l'aube devait avoir fait son apparition, le brouillard passa du noir ténébreux à une nuance moins effrayante, mais il ne se leva pas. Aucune brise ne souffla. C'était un calme plat complet. La journée tout entière s'écoula, grise et lugubre, dans une nouvelle attente vaine

M. Barnabé déchargea un coup de fusil.

qu'elle les désobligerait en pure perte si elle ne fermait pas les yeux, elle se laissa peu à peu aller au sommeil. Elle en avait un besoin puissant.

M. Barnabé et Nils veillèrent alternativement près d'elle.

Mais aucune des deux vigies, pendant son temps de quart, ne vit rien d'une éclaircie qui pût donner un renseignement furtif sur la position du canot. Aucun oiseau ne fut aperçu. Le fait émut vivement Nils et M. Barnabé. On devait être alors très loin de la terre.

On mangea tristement, malgré les encouragements qu'on s'efforçait en plaisantant, de se donner mutuellement. Mais chacun avait beau dissimuler son anxiété, elle perçait et se lisait sur les visages pâlis interrogeant sans cesse le brouillard compact.

Les provisions n'étaient pas complètement épuisées, mais, d'un commun accord tacite, on les rationna. L'eau seule devait manquer bientôt.

A la fin de cette seconde journée, bien que Gèfle eût supplié qu'on la laissât veiller à son tour, ce qu'on ne lui permit pas, son frère et M. Barnabé se partagèrent, comme la veille, auprès d'elle, le soin de guetter le moindre indice du voisinage des îles, ou l'apparition de quelque étoile.

Le tenace brouillard leur interdit toute observation de ce genre.

Le lendemain, au repas du matin, les dernières gouttes d'eau furent distribuées.

On y mêla un reste d'eau-de-vie blanche oublié dans le modeste flacon emporté à la pêche.

La pauvre Gèfle ne put s'empêcher de dire, en souriant faiblement :

— Cela brûle, mais cela me fait un grand bien. Seulement, il n'y en a pas de quoi étourdir une mouche.

Elle se trompait, l'aimable enfant. Ce peu d'alcool délayé terrassa tout à coup sa tête vide et lassée, et elle s'endormit lourdement.

M. Barnabé, la regardant, se mit à dire avec amertume, mais avec un subit accès de généreuse colère contre lui-même :

— Et tout cela, c'est par ma faute! Et il me fallait venir de Versailles ici pour faire souffrir si cruellement cette chère créature, au milieu de la mer. Ah! c'est à se...

Mais Nils et sa sœur, que l'éclat de la voix de leur compagnon avait réveillée, s'efforcèrent, de la façon la plus tendre, d'arracher de son esprit cette pensée, qui l'obsédait depuis deux jours, qu'il était en quelque sorte le bourreau, le meurtrier de ces deux enfants.

Ils parvinrent à le calmer, et Gèfle se rendormit.

En opérant, pour la centième fois peut-être, des fouilles dans tous les replis de ses vêtements à la recherche de l'aiguille disparue, M. Barnabé fit une découverte.

Dans sa hâte d'être le premier prêt pour la pêche, en s'habillant précipitamment le matin du départ du canot, il avait mis autour de son corps, machinalement, une ceinture de voyage où se trouvait son argent. Il l'oublia par la suite et ne constata qu'elle était en sa possession qu'en fouillant et refouillant ses habits à bord du canot. Cette ceinture contenait à peu de chose près la somme que lui avait remise M⁰ Cabestan à Versailles.

Il le dit tristement à Nils, et lui fit remarquer avec douleur la vanité parfaite de ce qu'on appelle la fortune : « Il y a là neuf mille francs. A quoi nous sont-ils utiles ? A rien ! S'ils pouvaient seulement me servir à procurer un verre d'eau fraîche à cette pauvre fille qui souffre là, oh ! comme je les donnerais volontiers! »

Gèfle en effet éprouvait une soif ardente, qu'augmentaient à chaque repas les conserves salées dont ils se composaient uniquement, et, bien qu'elle contînt énergiquement sa fièvre, sous les yeux de ses amis, ceux-ci voyaient bien à sa face jaunie, à l'éclat alarmant de ses regards, qu'elle ne pourrait supporter longtemps la privation de l'eau.

Pendant ce troisième jour, qui fut d'une longueur indicible pour les trois êtres errants au hasard du flot, au milieu de cet incessant et épouvantable brouillard d'été, Gèfle essaya d'apaiser le feu de ses lèvres avec la vague humidité des objets du bord exposés à l'air. Mais la bruine des jours précédents avait cessé de suinter du ciel, et si les objets qu'elle touchait étaient froids, ils n'étaient nullement recouverts d'une rosée que l'on pût sinon recueillir, du moins aspirer, et qui eût été une source de délices.

Ce jour-là, quand M. Barnabé annonça, d'après ses calculs du temps écoulé, que le soleil, là-bas, sur la terre, hors des infernales brumes, dans leur cher Holm abandonné, était à son déclin, Nils proposa, d'un ton qu'il essayait en vain de garder calme, de mettre à la voile, car il venait de sentir les légères premières bouf-

Navire!.. murmura Gëfle.

fées de la brise enfin revenue, et de
marcher de l'avant.

— En avant, oui, sans retard, ré-
solument ! Dans quel but ? Dans le
seul but de nous évader, n'importe
comment, n'importe par quelle issue,
mais de nous évader enfin de cette
espèce d'immense cloche de vapeur
sous laquelle, dans notre immobilité,
nous allons misérablement agoniser.

— Nils ! mon ami ! mon frère !
s'écrièrent Gèfle et M. Barnabé, ef-
frayés de l'état d'agitation où ils
voyaient Nils.

— Ces brouillards, s'écria-t-il avec
exaltation, ne couvrent pas la terre
entière ! Ils ont une limite quelque
part, atteignons-la à tout prix ! Après?
Après, on verra !... Mais, s'il faut
périr, je veux périr hors de cet étouf-
foir qui me rend fou, au grand jour!...

Comme il achevait, en paroles ha-
letantes, d'exposer à ses compagnons
en larmes son projet désespéré, Gèfle
se souleva tout à coup, son pâle
visage empourpré brusquement, et elle
fit signe de se taire et d'écouter.

Puis retombant, épuisée, sur sa couche grossière, elle murmura à l'oreille
de M. Barnabé qui s'était agenouillé
près d'elle.

— Écoutez ! on joue du piano là-
bas...

Éperdu d'effroi, le Versaillais se
releva, redit à Nils les mots insensés
qu'il venait d'entendre, et gémit dans
un sanglot :

— Oh ! c'est affreux. Elle n'a plus
sa raison... Nils !

Mais Nils ne lui répondit rien. Les
prunelles dilatées d'une façon extraordinaire, regardant le brouillard devant lui d'un air égaré, il empoigna
le bras de M. Barnabé, et M. Barnabé, regardant à son tour du côté
où Nils dardait ses yeux, vit une longue et haute forme noire, vague et
fantastique, passer longuement, à
quelques mètres d'eux, en les écla-
boussant d'écume.

Et pendant les quelques secondes
que dura le passage de cette chose
noire, au devant de laquelle le canot semblait aller en se soulevant
avec violence, on entendit, distinctement, tinter les notes grêles d'un
piano usé.

« Navire ! » murmura Gèfle.

CHAPITRE XV

« Navire ! » répétèrent Nils et M. Barnabé, avec transport, en se jetant
dans les bras l'un de l'autre, et pleu-
rant comme des enfants.

Tout à coup une vive lueur tra-
versa leurs larmes, et le bruit d'un
coup de feu éclata à leurs oreilles
tout près d'eux.

Ils s'arrachèrent l'un à l'autre épou-
vantés, et M. Barnabé, voyant Gèfle
un fusil à la main, s'écria :

— Ah ! l'admirable fille ! Elle a
pensé à cela, tandis que nous, imbé-
ciles, nous perdions le temps à pleurer comme des brutes !

Mais Nils avait déjà pris le fusil
aux mains défaillantes de sa sœur, et
en tirait un second coup en l'air.

M. Barnabé l'imita, une seconde
plus tard.

Puis, le cœur battant, on attendit.
Attente délirante.

Avait-on entendu les détonations à
bord de ce navire inconnu qui avait
failli les couler, et qui avait disparu?
Allait-on y répondre ?

Hélas ! c'est en vain qu'ils tendirent vers l'espace des oreilles où leur
âme semblait passée tout entière. Aucune explosion lointaine ne répondit
au signal que Gèfle avait eu, la première, la présence d'esprit de donner.

Leur existence au milieu des flots
restait ignorée.

La minute qui suivit cet écroule-
ment de leurs espoirs ressuscités fut
affreuse. Les deux hommes retombè-
rent sur les bancs du canot, en proie
à une indicible douleur.

Gèfle, seule, continua d'écouter, et
de regarder dans la direction où le
navire s'était enfoncé silencieusement
et éteint dans le brouillard.

— A nous ! cria-t-elle soudain. A
nous !

A l'instant debout, Nils regarda sa
sœur, puis la mer que lui montraient
les yeux de Gèfle. Puis il cria :

— Le harpon, Barnabé ? Le harpon, vite !

Sans remarquer, ce n'en était guère

le moment, d'ailleurs, le peu de cérémonie et le ton impérieux avec lesquels Nils lui donnait cet ordre, M. Barnabé prit une gaffe et la lui tendit.

Nils s'en empara et dirigea l'instrument vers les lames.

— Qu'y a-t-il ?

— Des glaçons ! Ils vont aborder le canot.

En effet, quelques glaçons flottants, traînards isolés d'arrière-garde de la grande débâcle annuelle du pôle, en route pour l'équateur, arrivaient à la file sur l'embarcation. Ils étaient heureusement de taille médiocre, et la mer calme les portait avec légèreté.

On n'avait rien à craindre du choc de ces « boutons » comme les appellent les Anglais, et leur rencontre était pour les naufragés une chance inouïe.

Nils le dit à M. Barnabé, avec une voix dont le son, maintenant presque joyeux, lui fit un singulier effet.

— Le canot est solide, dit-il, et le danger est peu de chose. Mais aidez-moi à amarrer l'un de ces glaçons. Trouvez-moi une corde, une fiche de fer, un marteau dans le coffre à l'arrière, il y a de tout cela. Allons, vite, mon ami.

Ce fut Gèfle encore, comme galvanisée par les paroles de son frère, qui à l'instant ayant compris ce qu'il voulait faire, fouilla le coffre et tendit à M. Barnabé les instruments demandés.

En trois minutes la fiche de fer fut enfoncée profondément dans le bord d'un glaçon, à l'endroit que pouvait atteindre la main de Nils, et une corde retint auprès du canot le bloc flottant.

Puis le jeune homme brisa un fragment du captif glacé, et le passa à M. Barnabé, après l'avoir essuyé sur sa manche.

— Pour Gèfle, dit-il. Elle a bien mérité de boire la première.

— Boire !.. Boire !.. Ah ! mes amis... merci !

— Un petit morceau seulement dans la bouche, ma fille. De la prudence!

— C'est entendu, frère.

Gèfle obéit, et ses yeux tournés vers le ciel exprimaient une gratitude infinie.

— A nous deux, maintenant, Barnabé ! allons, nous l'avons bien gagné aussi, soupira Nils, en offrant un morceau du glaçon à son ami.

M. Barnabé semblait devenu muet et sourd. Enfin il dit tout bas :

— Mais... elle en mourra ! C'est de l'eau salée ! C'est un poison !

— C'est de l'eau douce aussi ! Essuyez votre glaçon et vous verrez !

Et, sans plus tarder, cédant à son besoin extrême, Nils mordit avec emportement à même son glaçon, en s'inondant les lèvres avec ivresse.

— Du calme, Nils; du calme aussi, frère !

— Elle a toujours raison ! Je vais me modérer.

M. Barnabé suivit et l'exemple de Nils et l'appel à la prudence de Gèfle. Il dégusta délicieusement un léger éclat de glace.

— A votre santé ! mes amis, cria gaiement Nils, revenant à sa boisson solide et froide.

— Welbekommen! grogna M. Barnabé.

— Nous avons maintenant une fontaine à notre disposition, reprit le jeune homme. C'est déjà beaucoup. Espérons de nouveau !

— Espérons ! balbutia Gèfle, qui s'endormait paisiblement et tout à fait soulagée.

— Espérons, dit M. Barnabé.

Tandis que l'éclat de glace fondait dans la bouche du pauvre Versaillais, en y laissant une sensation divine que les sirops des soirées de Versailles ne lui avaient jamais procurée, il songeait, malgré lui, et ne pouvait s'empêcher d'en sourire, à la figure extraordinaire qu'aurait faite Mme Montataire si elle avait pu voir son maître, quoique perdu dans l'Atlantique boréal, en train de sucer de la glace avec le bonheur d'un gamin des rues collé au robinet d'une fontaine gelée en décembre.

Les malheurs viennent par troupe, dit-on. Il en est parfois de même des bonheurs. C'est plus rare. Mais enfin cela peut arriver.

Et cela arriva à nos héros.

Pendant la capture du glaçon, la brise avait pris de la force, et, par lambeaux immenses, autour du canot, les brumes s'étaient mises comme à défiler.

Il était à prévoir qu'elles seraient dissipées assez rapidement, si le vent ne tombait pas de nouveau.

Le vent ne tomba pas. Il persista, intermittent et parfois faible, mais il persista, et le brouillard fut insensiblement refoulé, anéanti.

montra, informe, car elle était en décours, mais exquise à voir pour les infortunés marins du canot perdu.

On explora du regard l'horizon. On était en pleine mer. Aucune silhouette de terre ne se découpait sur tout le cercle de l'horizon. Mais on avait la lune, on pouvait marcher sûrement.

La flèche de fer fut enfoncée.

La montre de M. Barnabé marquait dix heures du soir, quand on revit enfin le ciel majestueux; il était entièrement doublé de nuages coagulés, lesquels, en un certain coin, se désagrégèrent et se bordèrent d'un liseré de lumière pâle; puis de capricieux dédales d'azur sombre apparurent dans leur masse écartelée.

A la fin, émergeant d'une sorte de vaste continent de vapeurs noires, resté immobile au milieu de l'archipel cotonneux des nuées, la lune, précédée de feux d'un jaune tendre, se

La séculaire amie des matelots fut saluée en silence par les trois bergers d'oiseaux. Ils ne pouvaient pas parler, dans l'excès de leur émotion.

Mais, de même qu'au sommet de la falaise des Lundes, ils se tendirent la main, et se sentirent pénétrés de bonheur et d'espoir encore une fois.

-- Maintenant, dit enfin Nils, qui reprit le premier un peu de sang-froid, il faut larguer la voile. Le vent, je le sais maintenant, souffle de l'ouest, et la Norvège est là-bas à l'est, où est la lune; et, d'ailleurs, voici la Polaire là-haut. En avant, mes amis !

— Où ? dit M. Barnabé. Où voyez-vous la Polaire ?

Tout en procédant à la manœuvre de la voile, Nils répondit :

— Connaissez-vous la Grande-Ourse ?

— Oui, un peu. Cabestan doit être très fort là-dessus. Mais, pour moi, j'avoue que je suis un peu rouillé sur les constellations.

— Alors, regardez. La voilà, là, où est mon doigt ! Les trois étoiles de la queue sont voilées, mais vous voyez bien ce quadrilatère d'étoiles, au même endroit ?...

— Oui.

— Eh bien, des deux vives étoiles qui, pour nous, forment la base de ce céleste quadrilatère, tirez de l'œil, à leur alignement, un trait idéal.

— Bien, je le tire.

— Vous rencontrez alors sur ce trait une étoile, qui vous semble isolée, et qui brille fortement.

— Oui.

— C'est la Polaire ! C'est le guide fidèle et charmant que des millions de navigateurs et de voyageurs, depuis des siècles, ont regardé comme je le fais ce soir, avec amour, la force et la sécurité refleuries dans le cœur.

— Je ne l'oublierai jamais le soir, si je reviens jamais à Versailles.

La voile au vent, le canot prit une allure plus vive. Il se serait élancé en avant, avec vitesse, s'il n'avait eu à traîner à la remorque l'étrange et précieux captif que l'on sait, le glaçon.

On ne pouvait l'abandonner, dût-il retarder considérablement la marche de l'embarcation.

Par précaution, avant de se mettre en route, un fragment notable de l'épave polaire avait été brisé, et, enveloppé dans un vêtement de laine épaisse, reposait en sûreté au fond du canot.

M. Barnabé s'était bravement dépouillé de son tricot personnel pour assurer la conservation du glaçon embarqué.

— Bah ! si j'ai froid, je ramerai ! Nous sommes dans la bonne direction. On peut tirer de l'aviron à coup

sûr. Et je mérite bien de ramer comme un galérien, moi qui vous ai mis à deux doigts de la mort... Hélas! nous ne sommes point encore sauvés.

— Il nous reste de quoi manger, avec économie, mais enfin de quoi ne pas mourir de faim pendant trois jours, et nous avons de l'eau !

— C'est égal, je ne me pardonnerai jamais...

— Barnabé, ne parlons plus de cela, ou je parlerai encore du service que vous m'avez rendu à la caverne des Lundes...

— Silence ! Et laissez-moi vous dire que vous m'avez fait bien heureux, aujourd'hui, mon ami.

— Moi... comment ?

— Vous avez cessé de m'appeler cérémonieusement *monsieur*.

— C'est vrai !... oh ! pardonnez-moi !

— Jamais ! Traitez-moi en frère, Nils !

— Il faut obéir, frère, dit la douce voix de Gêfle, qui écoutait les deux amis en contemplant les étoiles, et le noble ciel vers lequel montait alors le muet acte de reconnaissance de son jeune cœur rasséréné.

M. Barnabé se tut un moment, les yeux errants sur la mer, et détournant la tête. Puis il dit d'une voix un peu enrouée, et ce n'était pas l'air du soir qui en avait altéré le timbre :

— Ah ça, mon ami l'astronome, vous qui connaissez vos astres sur le bout du doigt, qu'est-ce que c'est que cette étoile, là, tout au ras de l'horizon, que j'aperçois entre les crêtes des lames ?

— A l'horizon ? Où cela ? demanda Nils.

— Sous la lune, là... en face de nous.

— Je ne distingue rien...

— Attendez que le bateau s'élève sur une vague, vous la verrez alors comme moi, sans doute.

— L'horizon d'un petit canot comme le nôtre, reprit Nils, est de bien peu d'étendue, et je suis étonné qu'une étoile se trouve si bas...

— Je la vois ! s'écria Gêfle... mais elle vient de disparaître !...

— Ah ! je l'aperçois à présent, moi aussi !...

— Nils ! M. Barnabé ! dit de nouveau Gêfle, et cette fois d'une voix tremblante, l'étoile a changé de place et de couleur...

On guetta le retour de l'astre in-

Nils et M. Barnabé déchargèrent leurs armes, à plusieurs reprises.

Pour Gêfle, toute frémissante, elle tirait du coffre et des paniers où avaient été emballées les provisions,

Vous voyez bien ce quadrilatère d'étoiles.

connu, et, grâce à une forte vague qui soulevait le canot sur son dos puissant, on put l'observer pendant quelques secondes.

— Ce n'est pas... mais ce n'est pas une étoile, murmura Nils, comprimant de la main les battements de son cœur. C'est un feu de navire !

— Aux fusils ! s'écria sur-le-champ M. Barnabé.

des poignées de la fine paille de sapin dont ils étaient bourrés; elle garnissait d'une botte épaisse de cette paille les crocs d'une gaffe et allumait ce fanal improvisé. Nils grimpa au mât, et éleva dans l'air la torche due à l'invention de la jeune fille.

La torche brûlait depuis cinq minutes qui parurent durer une heure aux trois amis, quand un éclair parut, à l'horizon, au-dessus de la mer : il fut suivi, à peu d'intervalle, d'un coup de canon strident dont l'écho roula et se perdit ensuite à travers l'immensité.

Les coups de fusil avaient été entendus. On avait aperçu leur signal

Gèfle allumait ce fanal improvisé.

de détresse. Ils allaient être recueillis !

Sans se laisser aller à leur joie immense, et comprenant que le point invisible qu'occupait leur canot sur la vaste et sombre mer devait être révélé sans relâche au bâtiment qui allait se mettre à leur recherche, ils renouvelèrent les détonations et garnirent de nouveau leur phare qui allait s'éteindre.

CHAPITRE XVI

LE CAPITAINE BARAQUOIS

Il y a quatorze heures que les imprudents pêcheurs du Holm, recueillis à près de quatre-vingts lieues de leur point de départ, au nord des îles Shetland, sont en sûreté et l'objet des soins les plus cordiaux, à bord du *Chebuctoc*, schooner canadien de Halifax, capitaine Baraquois.

Dans la salle à manger du commandant se trouvent cet officier et M. Barnabé; celui-ci, en robe de chambre à fleurs, est attablé devant un bol de bouillon, qui est le cinquième de la matinée, et qu'il hume, à petits coups, en poussant des soupirs de satisfaction.

Le capitaine lui tourne le dos. Il est installé en face d'un vieux piano, lequel résonne comme une harpe fatiguée, et il joue un petit air, tout en causant avec son passager inopiné.

— Je jouais justement le ravissant morceau que vous entendez là, mon cher monsieur, un morceau dont le titre est un inexplicable poëme qu'un musicien français seul pouvait rêver, car il est intitulé, s'il vous plaît : *Saute ma gazelle !...* quand on me prévint que des coups de feu venaient de se faire entendre à tribord.

— C'étaient nous qui...

— Permettez ! Je ne doutai pas un

instant qu'ils n'eussent été tirés par des naufragés quelconques, et j'eus même un moment l'idée de leur faire savoir qu'on s'était aperçu de leur présence en tirant l'un de mes jolis hotchkiss, mais la brume était d'une telle épaisseur, que je fis la réflexion que peut-être je n'arriverais pas à les découvrir, et que le bruit de mes jolis canons leur porterait alors un espoir, qui serait sans doute suivi d'une cruelle déception.

— En effet... et Gèfle ne s'était pas trompée en assurant qu'elle avait entendu jouer du piano.

— Permettez ! Je fis mettre en panne. Par suite de la brume, nous marchions à petite vitesse. Cela fut rapidement obtenu. Ma chère petite hélice est actionnée par l'électricité. C'est très commode, et cela ne pue pas. Une fois en panne, on attendit de nouveaux signaux...

— Hélas ! nous désespérions alors!

— Vous aviez tort, mon bon monsieur. Bref, décidé à ne pas m'éloigner beaucoup de l'endroit où de braves gens passaient évidemment un mauvais quart d'heure, je me remis à faire *sauter ma gazelle*, c'est-à-dire à mon piano, — un instrument exquis ! — et je priai mon second, — marin éminent — de croiser tranquillement dans le brouillard, sur la place. Le brouillard disparut, Phœbé se montra. Je faisais toujours sauter ma gazelle. Enfin, mon second — un homme des plus distingués, qui s'est chargé spécialement de soigner votre jeune ami Nils — m'avertit qu'un fanal singulier était signalé. Alors, laissant cette chère *gazelle* immobile, je me présentai sur le pont. Le reste vous est connu.

— Capitaine, vous êtes un excellent homme !... Ah ! laissez-moi vous serrer la main encore une fois !

— Volontiers. Mais je n'ai fait que mon strict devoir. Je ne suis qu'un musicien passable (assez adroit tireur de phoques à crinière pourtant), mais il était tout naturel que je cherchasse à tirer de peine des hommes en danger. Peut-être, si j'avais pu deviner qu'une frêle demoiselle courait alors un péril mortel, aurais-je cessé de faire sauter le gracieux animal que vous savez et pris moi-même le com-

mandement. Mais je l'ignorais, et le *Chebuctoo* a eu le bonheur, sans moi, de vous tirer d'affaire. Cette jeune fille va tout à fait bien à présent. J'e suis ravi. Elle a parfaitement dormi et déjeuné. Je suis père, mon cher monsieur, et sa délivrance me touche à l'endroit sensible...

— Vous avez des enfants, capitaine?

— Neuf, tous adorés.

— Des garçons ?

— Non. Rien que des filles. C'est à se casser la tête !

M. Barnabé regarda anxieusement le capitaine Baraquois, cherchant à comprendre pourquoi un homme qui lui déclarait adorer ses enfants exprimait en même temps le désir d'en finir avec la vie. Ne trouvant pas de solution à ce problème il continua de regarder le capitaine.

M. Baraquois était un homme d'environ soixante ans, très rouge de peau, absolument chauve, absolument imberbe, mais il possédait une paire de sourcils très blancs et très touffus. Cela et le reste lui donnaient un faux air de Polichinelle.

Et M. Barnabé, toujours regardant le capitaine qui faisait de nouveau sauter vigoureusement la gazelle chimérique du compositeur français, puis se rappelant aussi le capitaine bicycliste du *Willemoes*, se mit à songer que les mers étaient parcourues par des êtres bien étranges, dans les temps modernes, et dont il ne soupçonnait guère l'existence à Versailles.

Ne l'entendant plus parler derrière son dos, le capitaine Baraquois pirouetta sur son tabouret et s'écria :

— Ah ! je vois ce qui vous tourmente, mon cher monsieur, vous voudriez une autre tasse de bouillon ?... Ah ! ces naufragés !...

— Ma foi, si cette personne noire qui le fait si bien chez vous avait la complaisance de... j'en serais charmé, oui.

— Permettez ! je vais appeler le nègre en question, mon *cook*.

Le capitaine Baraquois tapa, sur son piano, l'appel aux armes de la *Marseillaise*. C'est ainsi qu'il sonnait le cuisinier du bord.

Une face sombre et luisante se montra, une seconde après, à la porte de la salle à manger.

— Carabo ! un autre bol pour monsieur, et vivement. Monsieur le trouve excellent, Cook, votre bouillon !

La figure sombre et luisante ouvrit la bouche et montra des dents étincelantes. Comme il se disposait à sortir, M. Barnabé l'arrêta du geste.

— Un moment, monsieur Carabo ! Recevez mes compliments. Jamais, jamais, entendez-vous, je n'ai bu une chose qui m'ait semblé aussi délicieuse. Capitaine, cet homme est un trésor !

— C'est surtout un gaillard plein d'humour. J'en suis fier. Il s'est engagé à mon bord, sachant que nous allions dans les mers boréales, chasser le phoque, précisément à cause des glaces parmi lesquelles il était sûr de vivre de longues semaines. Cet Africain n'aime que le froid intense.

M. Barnabé serra les dents, fit entendre le sifflement du serpent à sonnettes et pensa :

— Quel bouleversement ces gens de mer apportent dans mes idées !

Puis il reprit, s'adressant au cuisinier qui reluisait de joie et étalait toute sa denture :

— Et comment vous y prenez-vous, mon garçon, pour transformer de simple bouillon en tablettes, ou en pâte, la chose la moins savoureuse que je connaisse, en un consommé divin, et que je boirais avec transport, même sans avoir jeûné quatre jours ?

— Bien simple, mossié, répondit le nègre, moi mettre toujours dans marmite bonne grosse gousse d'ail.

M. Barnabé se dressa sur ses pieds, roide et subit, comme un diable qui sort d'une boite.

— De l'ail ?.. dit-il, de l'ail !... de l'ail du Midi ?

— Oui, mossié, moi être né à Cette. Parents noirs créoles.

Des jeux de physionomie d'une nature variée, mais tous fort comiques, apparemment, car le capitaine Baraquois ne put s'empêcher d'éclater de rire en les contemplant, sillonnèrent le visage de M. Barnabé.

Il tira son mouchoir et s'en essuya le front avec angoisse.

— De l'ail, reprit-il d'un air rêveur. Fatalité !

Le capitaine, que la scène commençait à lasser, car il brûlait du désir de faire exécuter quelques sauts à sa *gazelle*, dit brusquement :

— Mais, voyons, cher monsieur, puisque Carabo vous l'affirme...

— Eh bien, poursuivit M. Barnabé, sortant de sa poche une lourde pièce d'argent, qu'il offrit au nègre, voici pour vous, mon garçon. Rapportez-moi une tasse pleine de votre bouillon, il est admirable et je n'en veux plus d'autre !

Après le départ du cook, M. Barnabé, rougissant comme une jeune fille, expliqua au commandant du *Chebuctoo* le mystère des jeux de physionomie dont il avait été témoin, et lui avoua que les bienfaits de l'emploi de l'ail — dans certains cas — lui semblaient évidents maintenant et po.. toujours : « J'ai marché à mon tour sur le chemin de Damas, et la vérité m'est apparue. Je suis converti ! »

Le capitaine l'en félicita, et crut devoir célébrer la bonne nouvelle par quelques nouveaux sauts de sa *gazelle* favorite.

Puis il reprit la parole en ces termes :

— Mes damnées charmantes filles vous en feront avaler bien d'autres, à Halifax.

— A Halifax ?

— Dame, le *Chebuctoo* ne va pas en Chine, je suppose ! Le résultat de nos chasses, là-bas, a été des plus mauvais, cette année; si mauvais que, ma foi, j'ai cru absurde de fatiguer mon navire en pure perte, et je rentre chez moi bien avant l'heure...

— Cela est tout naturel, capitaine Baraquois, mais j'ai eu l'honneur de vous dire, hier, quand vous nous avez repêchés, que, né à Versailles, et devenu berger d'oiseaux en Norvège par occasion, j'étais attendu à Copenhague par mon ami Tausen, et, je vous demande bien pardon d'insister, mais notre vif désir, celui de cette jeune fille... serait de retourner au plus vite...

— Permettez !... je ne suis pas dénué de toute intelligence, et je comprends parfaitement qu'il vous serait agréable que je vous conduisisse où vous avez affaire ! Mais, à propos d'affaires, les affaires sont les affai-

res ! Il est vrai que... cette jeune
fille est vraiment intéressante... et cela
me fait penser qu'il pourrait en arriver autant à l'un de mes neuf bijoux
de diablesses !... et alors, comme je
suis père, voici ce qu'un père... peut
vous proposer. Je ferai escale à Aberdeen, si cela peut vous plaire. Nous
ne sommes pas loin de l'Ecosse. C'est
un petit détour. Je ne sais pas ce

— Ah ! ah ! mon cher monsieur
Barnabé ! Vous aviez conservé, comme
disent vos compatriotes, qui furent
ceux de mes ancêtres, *by God!* vous
aviez conservé une poire pour la
soif ?
— Hélas ! soupira le Versaillais. Elle
a bien peu calmé la nôtre !
— Enfin, voyons, quelle affaire me
proposez-vous ?

Attablé devant un bol de bouillon.

qu'en pensera mon second — un
homme du plus grand mérite — mais
enfin, je vous le propose. Une fois à
Aberdeen, vous n'aurez qu'un saut
à faire... par steamer régulier... pour
revoir votre excellent ami. Est-il pianiste ?
— C'est un gros négociant... oui...
mais, capitaine, encore un mot ! Puisque les affaires sont les affaires,
pourquoi n'en faisons-nous pas une
ensemble ?
— Et laquelle ? je ne refuse jamais une affaire, quand elle est
bonne.
— Ecoutez. J'ai la chance d'avoir
sur moi quelque argent...

— Mais d'accepter, avec les sentiments de ma plus tendre gratitude,
qui sera éternelle, que je vous offre,
pour mes compagnons et moi, le prix
de notre passage jusqu'à Copenhague.
En outre, vous me laisserez doubler
le bien faible témoignage de ma reconnaissance à l'égard de votre brave
équipage, que je comptais lui offrir...
— Hum ? J'en parlerai à mon second.
— Ce n'est pas le temps qui vous
presse, capitaine ? Vous venez de me
dire que vous rentriez chez vous bien
avant l'époque habituelle et sans
grands bénéfices. Vos marins seront

peut-être bien aises de gagner, par le moyen que je vous propose, un petit supplément.

— J'en parlerai à mon second, vous dis-je, dès que j'aurai repassé le motif principal — je ne l'ai pas dans les doigts — de *Saute, ma Gazelle*.

-- Oh ! capitaine, votre main ! Vous consentez ?...

— Pas encore ! Mais, permettez-moi, j'ai une idée aussi. Vous 'payerez votre passage, vous payerez celui de M. Nils, soit, mais — (je pense aux horribles créatures aimées qui sont à Halifax) — je ne veux rien prendre pour la jeune fille. Le *Chebucloo* se fera un plaisir de ramener Mlle Gèfle dans son pays natal. Je regrette de n'avoir pas ici la garderobe de mes misérables chères filles à lui offrir. »

Ici, la porte de la salle à manger du capitaine Baraquois s'ouvrit et laissa passer le nègre Carabo, porteur d'un nouveau bol de bouillon fumant.

M. Barnabé se précipita à sa rencontre, tremblant qu'un coup de roulis ne lui fit perdre le précieux breuvage.

Pour le commandant, il vira de nouveau sur son tabouret, et fit sauter sa *Gazelle* avec acharnement.

CHAPITRE XVII

Averti, par le patron du sloop, de l'abandon inconcevable, mystérieux et alarmant, dans lequel ce marin avait eu la stupéfaction de trouver le Holm, le jour où il y était revenu pour embarquer ses habitants, le correspondant de M. Tausen, à Kristiansund, crut de son devoir, comme homme et comme agent d'affaires, de se rendre, en personne, aux *Egge Vaer*, malgré brumes et pluies, afin de s'assurer de l'état et de la gravité des choses.

Il eut, à son tour, à son arrivée, l'étonnement et le regret de constater que les trois bergers d'oiseaux étaient toujours absents, et que rien ne décelait qu'ils eussent remis le pied dans l'île, depuis le départ du patron de la barque.

Il séjourna quarante-huit heures dans le Borg, mais en vain, et dut se rembarquer pour Kristiansund, fort inquiet, et n'ayant obtenu sur le sort des disparus aucun renseignement autre que celui que lui fournit l'absence du canot de son mouillage habituel, absence indiquant que les jeunes gens et le Français étaient allés en mer.

Il se hâta, retourné à la côte, d'aviser des faits accomplis M. Tausen, à Copenhague.

En terminant sa lettre, il exprimait « l'espoir que les gardiens du Borg, ainsi que l'étranger qui vivait avec eux, avaient pu, surpris par les mauvais temps, atteindre quelque holm voisin appartenant à un des négociants de Molde ou de Kristiansund, et qu'ils y restaient confinés sans doute, attendant une éclaircie, dans la hutte de quelque charitable confrère ».

Deux dépêches, toutes deux laconiques, toutes deux très peu rassurantes — *aucune nouvelle* — suivirent bientôt la lettre du correspondant de M. Tausen.

Elles trouvèrent celui-ci en proie à une anxiété cruelle; elle en fut augmentée et se transforma en un chagrin profond.

Le digne négociant qu'avaient ravi les résultats de la campagne, et qui se faisait une joie de distribuer aux orphelins leur part de bénéfices, grossie d'un fort joli présent, se reprochait amèrement maintenant d'avoir exilé si loin de sa surveillance deux véritables enfants inexpérimentés, et l'idée de leur perte probable en compagnie de son vieux camarade Barnabé, lui arrachait à chaque instant des larmes en lui déchirant le cœur.

Il espérait pourtant encore, car l'espoir a la vie dure, inextinguible souvent. Il est comme l'herbe des champs que les neiges d'hiver et les sécheresses d'été font jaunir et semblent tuer, mais qui est toujours prête à reparaître et à reverdir, au moindre adoucissement du temps.

Cependant, douze jours s'étaient écoulés depuis que le patron du sloop

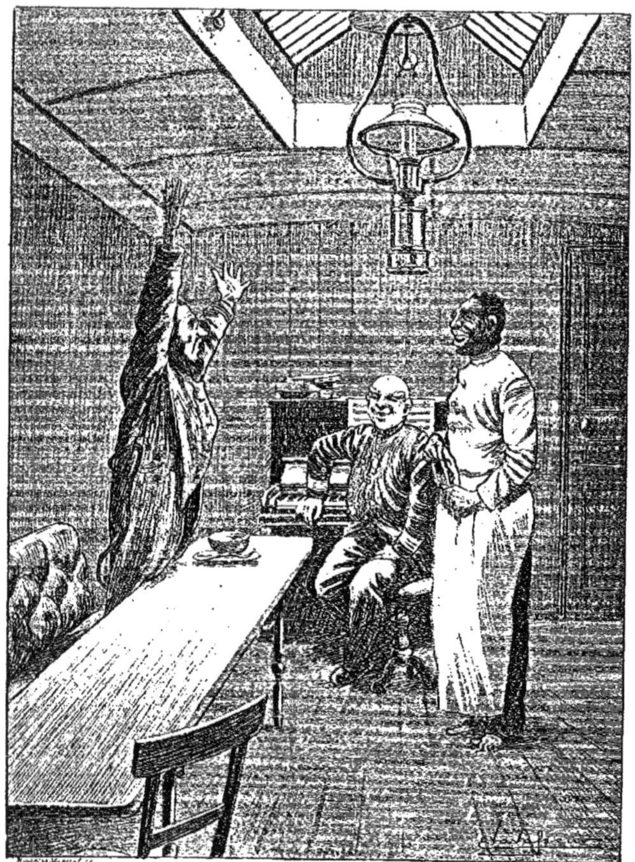

De l'ail!... dit-il, de l'ail du Midi!

avait découvert la disparition de ses
malheureux amis, et, par ce matin de
septembre où nous revoyons M. Tausen, dans le bureau de son « office »,
relisant la lettre de son correspondant norvégien, la plante vivace de
l'espoir se flétrissait de plus en plus
dans son âme.

Devait-il se décider enfin à écrire à
Versailles, à ce notaire Cabestan dont
lui avait parlé Barnabé, et lui faire
part de la catastrophe, à laquelle —
et c'était en vain qu'il essayait d'en
douter encore — M. Barnabé avait
succombé ?

Devait-il attendre plus longtemps
d'autres nouvelles ?

« Oh ! oui, attendons au moins à
demain ! » se disait-il à la fin.

L'entrée brusque et gesticulante de
son commis principal, en interrompant le cours de ses dou-
loureuses réflexions, lui
fit éprouver une sensa-
tion extraordinaire, pé-
nible et douce à la fois.

Le méthodique et blond
jeune homme avait péné-
tré dans le bureau, le
faux col en désordre son
chapeau en arrière, sans
l'ôter même, agité et
tremblant comme la ra-
mure d'un hêtre par un
jour de tempête.

— Grand dieu, Melbye,
qu'est-ce qu'il vous ar-
rive ?

Le commis s'arracha son chapeau,
s'assit, se releva en demandant bien
pardon de l'avoir fait sans invitation
préalable, et apercevant la lettre de
l'agent de Kristiansund, s'écria, en
style commercial, malgré son trou-
ble :

— Considérez-la comme nulle et non
avenue ! Ils arrivent ! Je les ai vus.
Je les précède pour vous préparer.
N'éprouvez aucune émotion, monsieur !

— Quoi ! mon correspondant est
venu à Copenhague ? A-t-il donc des
nouvelles !

M. Tausen s'était levé. Il avait pâli.

Le commis, lui prenant la main, répondit les yeux hagards :

— Ce n'est pas lui, ce sont eux,
M. Barnabé, Mlle Gèfle, Nils ! N'é-
prouvez aucune émotion, mon cher
patron ! Ils ont débarqué, tout à
l'heure, devant moi. C'est M. Barnabé qui m'a froissé mon col. Ah !
l'excellent homme ! Vite ! Je cours
prévenir Kristine.

M. Tausen était retombé sur son
fauteuil, sans dire un mot, les yeux

M. Barnabé se précipita à sa rencontre.

fermés. Mais au bout de ses cils des
pleurs s'amassaient et tombaient un
par un.

Le commis poursuivit :

— Ils ont été recueillis en mer ! Ils
vous raconteront tout cela. Remettez-
vous, monsieur. Oh ! quelle fête ce
soir ! Ne vous occupez de rien. Je
vais donner des ordres. Tenez, prenez mon mouchoir. Essuyez vos yeux.
C'est fini. Monsieur, je vous en sup-
plie, dites-moi quelque chose ? Ah !
cette lettre ! Donnez-la moi. Je vais
la classer dans les dossiers... Monsieur, les voilà à la porte. Monsieur,
soyez heureux !

Le commis principal ouvrit la porte
toute grande et s'éclipsa, tandis que
M. Barnabé se jetait dans les bras de
son vieux copain, où bientôt se suc-

cédaient Célie et Nils. Moment de joie sans mélange !

Un dernier personnage, lequel était coiffé d'un chapeau de paille à ruban rouge, se tenait sur le seuil de la porte, contemplant l'indescriptible et touchant tableau de la réunion du négociant avec ceux qu'il aimait.

— Ils vont étouffer ce vieillard, murmurait-il, c'est évident. Mais, au fait, que me resterait-il de souffle à moi, en pareille circonstance, si mes neuf bonnes filles exécrables me retrouvaient après un intéressant naufrage ?

Ayant fait cette réflexion, le capitaine Baraquois, car c'était bien ce rare marin en personne, tira de son caban un vaste mouchoir sur lequel était imprimé le portrait de M. Gladstone, et, sans aucun respect pour le *Great Old Man*, après s'être découvert, en frotta son crâne pareil à un œuf d'autruche.

— Voilà notre généreux sauveur, M. Baraquois, d'Halifax ! dit impétueusement M. Barnabé — ah ! Tausen, je l'oubliais, — chien d'ingrat que je suis ! Serrez-lui la main de toute votre amitié.

M. Tausen prit la main du commandant du *Chebuctoo* avec une vive affection et balbutia :

— Cher monsieur !... ah ! que je vous remercie, capitaine ! Vous voyez un homme bien heureux, et que Dieu vous le rende.

— Vous êtes bien bon. Merci. On fait ce qu'on peut comme on peut. Simple pianiste... père de neuf absurdes chéries... je...

Le capitaine Baraquois n'en dit pas davantage pour l'instant, car l'entrée, cette fois calme et mesurée, du commis principal suivi de Kristine, lui coupa la parole.

Kristine et le commis principal portaient un vaste plateau chargé, selon l'usage du nord, de nombreux flacons et de dix assiettes de hors-d'œuvre danois, norvégiens, suédois et russes.

Ils le déposèrent sur une table, et allaient se retirer, lorsque M. Tausen s'écria :

— Melbye, je vous en prie, et vous Kristine, restez. Nous allons boire à leur retour presque inespéré et ils nous raconteront leurs aventures.

— Permettez !... mon cher monsieur. Mon second, — la perle des officiers — m'a prié de ne pas m'absenter longuement. Je dois l'exemple de la discipline. Après une goutte ou deux — vous m'en voyez aux regrets — je filerai. Excusez l'expression.

— Nous y consentons, capitaine — car les affaires sont les affaires, dit M. Tausen, — mais c'est à condition que vous nous reviendrez. Nous souperons ensemble.

— Et, cria Melbye, le commis, je vous promets que le souper vaudra votre ordinaire à bord, monsieur le commandant. Kristine est prévenue. Elle se surpassera ce soir. Je lui ai donné, d'ailleurs, mes instructions.

Le capitaine Baraquois regarda le premier commis, fronça ses énormes sourcils blancs, cligna de l'œil, et lui dit avec grâce :

— Serpent insidieux ! Vous n'aurez pas pris vos dispositions en vain. Je viendrai souper. Du moins j'en parlerai à mon second — un Argonaute de premier ordre !

— Priez-le de vous accompagner, reprit M. Tausen. Nous serons charmés, tous, de lui serrer la main, et de lui exprimer tous nos sentiments, à ce lieutenant digne d'un tel capitaine.

Le commandant du schooner s'inclina, attrapa çà et là quelques tartines, les engloutit et but notablement, ce qui fut loin d'altérer la couleur éclatante de son visage. Après quoi il disparut, agitant son chapeau de paille à tour de bras.

Il était dans les meilleures dispositions du monde pour se ruer à son piano aussitôt qu'il aurait regagné son bord et pour faire exécuter des sauts prodigieux à sa chère *Gazelle*.

Après son départ, M. Barnabé prit la parole et fit le récit de son histoire qui était celle de ses amis, en se traitant à chaque instant de criminel et d'imbécile et de misérable fou qui, dans sa rage de pêcher, avait failli conduire au tombeau les deux plus charmants jeunes gens qu'il eût jamais connus et aimés.

En l'écoutant, M. Tausen caressait

d'une main paternelle les beaux cheveux malheureusement coupés courts de Gèfle assise près de lui, heureuse au possible, mais bien troublée encore d'avoir traversé sa ville natale en plein jour, en costume de matelot. L'autre main de l'affectueux Danois serrait la main de Nils.

M. Barnabé acheva son récit en fondant en larmes, tout le monde l'imita, et Kristine courut à sa cuisine en chancelant.

Remettant au lendemain les affaires sérieuses, M. Tausen et ses amis attendirent paisiblement le retour du capitaine Baraquois en causant avec abandon, et, parfois, pris au cœur par un ressouvenir des heures d'angoisses, ils devenaient silencieux, et se regardaient alors avec des yeux humides.

A huit heures du soir, l'état-major du *Chebuctoo* fit son entrée dans le salon du négociant.

M. Baraquois et son second se présentaient cette fois en parfaits *gentlemen*, tout de noir vêtus, en habit, cravate blanche, chemise à plastron glacé, gantés, le claque plié sous le bras.

Personne n'en fit la remarque. On pensait bien à la question de la toilette, un jour comme celui-là !

Cependant Gèfle y avait songé, étant femme, et, grâce à M. Melbye, qui courut les magasins et y acheta des choses de bon goût, la jeune fille apparut vêtue en jeune fille pour la première fois, aux yeux surpris et charmés de M. Barnabé et des officiers du *Chebuctoo*.

C'est alors que le capitaine Baraquois, frappant sur le plastron étincelant de sa chemise, s'écria :

— Permettez ! on a l'air de trouver cela tout simple ? Je prie donc la société d'y regarder à deux fois. Pas un pli, pas une tache ! Voilà comme nous sommes, nous autres Canadiens, dans la marine à électricité. Pas de charbon. La blancheur du mouton naissant !

On complimenta les marins, puis, selon l'usage du pays encore, après une nouvelle apparition des liqueurs et des assiettes rechargées de hors-d'œuvre de toutes les nations voisines, on se mit à table.

Le repas fut des plus gais, en dépit de quelques accès d'attendrissement de part et d'autre à certains moments de la conversation.

En fidèles observateurs des coutumes anglaises, bien qu'ils se disent français de cœur, M. Baraquois et son second portèrent une foule de toasts aux assistants.

Il y fut répondu cordialement, et de la même façon.

Après le café, M. Melbye, fort agité de nouveau, et qui n'avait cessé pendant le souper de regarder M. Barnabé à la dérobée, d'un air de tendresse et de repentir, donna de tels signes de fébrilité, que M. Tausen lui dit à la fin :

— Bien, mon cher garçon. Mais que diable avez-vous ?

— Oh ! rien, rien du tout ! Seulement, si M. Barnabé veut bien me faire l'honneur de me dire comment il a trouvé ce repas impromptu, j'en aurai l'esprit véritablement soulagé.

M. Barnabé, interpellé, serra les dents, et fit entendre un sifflement d'abord, puis il dit en souriant :

— Excellent !... mais, puisque vous voulez bien m'autoriser à dire toute ma pensée, sans détours, je vous avouerai que je l'ai trouvé... un peu... Eh ! mon Dieu, je cherche le mot ?... un peu...

— Panade et guimauve ! voilà le mot, s'exclama le capitaine Baraquois. La gloire de Carabo reste intacte !

— Il est de fait, reprit M. Tausen, qu'il m'a semblé que... pour la première fois, Kristine — son émotion l'excuse — avait fortement... oublié de l'assaisonner...

— Elle ne l'a pas assaisonné du tout, mon cher patron ! et cela par mon ordre, s'écria M. Melbye d'un air de triomphe. Je n'ai pas oublié ce que vous m'aviez dit en revenant de Kristiansund. J'avais failli empoisonner M. Barnabé, mais je n'ai pas voulu commettre de nouveau un pareil crime le jour de son heureux retour. Et la seule gousse d'ail qui me restait de mon premier attentat, je l'ai jetée au feu !

— Malheureux ! crièrent à la fois M. Barnabé, M. Baraquois et son second.

— Ciel du Nord ! gémit le commis

principal. Ai-je donc fait une nouvelle boulette ?

— J'adore maintenant l'ail, mon bon
ami, soupira le Versaillais très simplement; avec de l'ail votre dîner
était parfait !

— Vous adorez ?.. Mais, alors, cher
monsieur Tausen, pourquoi m'avez-
vous fait jurer de ne jamais... tant
que monsieur... J'ai la tête à l'en-
vers... un verre d'eau, je vous prie ?

— Remettez-vous, mon garçon,
poursuivit M. Tausen, et, demain,
prenez votre revanche... Il paraît que
Barnabé aime les mets du Midi à présent, je l'ignorais. Mais les hommes
et les flots sont changeants...

— Mais comment faire, monsieur,
reprit le commis principal d'un air
navré, le chef de l'Hôtel d'Angleterre n'a plus un brin d'ail à me
céder...

— Alors, dit gaiement M. Barnabé,
me voilà forcé de retourner à Versailles au plus vite, pour en trouver. Je ne puis plus m'en passer, et
je dors si mal quand je m'en passe!

M. Tausen se mit à rire et son
exemple fut suivi par les assistants.
Puis il dit :

— Oh ! Vous ne retournerez pas à
Versailles, Barnabé, quelles que soient
vos souffrances, avant d'avoir décidé,
avec moi, s'il vous plaît, ce qu'il convient de faire pour ces chers enfants,
maintenant que les voilà retrouvés.

— Certes ! reprit chaleureusement le
Versaillais.

— Pour moi... permettez ! dit alors
M. Baraquois, j'ai offert à ce gaillard-
là — et il montrait Nils — qui me
paraît un marin déterminé, de venir
me retrouver dans quelques mois, à
Halifax, et de prendre part à ma future expédition dans les mers aus-
trales. Le phoque à crinière y abonde.
Le Nord ne donne plus rien, j'y renonce; M. Nils, sous l'égide de mon
second — un chasseur hors ligne !
— pourra récolter là-bas un fort joli
magot en attendant mieux.

Et, en lui-même, le chef suprême du
Chebucloo ajoutait : « Quand on est
père de neuf stupides créatures ra-
vissantes, on ne saurait trop songer
à se débarrasser au moins de l'une
d'elles, en faveur d'un garçon qui ferait un gendre magnifique... »

— Mais... capitaine... oui, répliqua
M. Tausen, dans quelques mois, je ne
dis pas, nous pourrons reparler de
cela, Nils et moi; c'est une chose à
examiner. Que Nils devienne sur terre
le pendant de mon excellent Melbye,
j'en doute en effet; mais sur mer,
avec quelques fonds... et stylé par
vous, et monsieur votre second — je
bois à sa santé — il se pourrait
bien... Nous en reparlerons, nous en
reparlerons !... Allons, ne pleurez pas,
ma bonne Gèfle, ce n'est que dans
quelques mois...

— Ah ! cher M. Tausen, se mit à
dire en sanglotant la jeune fille,
qu'est-ce que je deviendrai alors, moi,
toute seule !...

— Mademoiselle Gèfle, au nom du
ciel, ne pleurez pas! s'écria alors
chaleureusement M. Barnabé; nous tâ-
cherons de vous distraire, Tausen et
moi; et, si Nils nous quitte, pour
vous faire prendre patience et vous
amuser, en attendant son retour, nous
vous ferons faire un petit voyage en
France, si cela vous plaît cependant.
Vous verrez mon Versailles; il y fait,
l'hiver, un peu plus froid qu'au Holm,
mais, c'est égal, il a son charme, et
puis vous verrez aussi une ville qui
n'est pas sans importance, à côté de
Versailles, Paris...

La jeune fille secoua tristement la
tête, en essayant de sourire cependant.

M. Tausen, en écoutant M. Barnabé, avait montré, puis réprimé, une
vive surprise. Il le regarda fixement.
M. Barnabé lui sourit d'un air em-
barrassé, et dit :

— Pourquoi pas ? dans quelques
mois, on en reparlera !

CHAPITRE XVIII

MADAME VEUVE MONTATAIRE
REÇOIT QUELQUES ORDRES

La scène se passe à présent avenue
de Saint-Cloud, à Versailles, par une
brillante et froide matinée, dans le
cabinet solennel et verdâtre, mais bien
chauffé, de l'honorable Mᵉ Cabestan,
notaire.

Six mois se sont écoulés depuis le souper où le capitaine Baraquois, tout à la joie, n'avait pas songé un seul instant au célèbre rondeau intitulé (qui dira jamais pourquoi ?) *Saute, ma gazelle !* et onze heures sonnent à la pendule en marbre couleur de chair à saucisse, surmontée du buste en bronze de Louis-Philippe, qui agrémente utilement la cheminée de M⁰ Cabestan.

Le notaire présente ses pieds à la flamme, en admirant avec complaisance la délicatesse de ses extrémités.

L'entrée d'un clerc l'arrache à cette contemplation.

— Qu'est-ce ? murmure l'officier ministériel.

— Mme veuve Montalaire, annonce le clerc en s'effaçant pour donner passage à cette digne personne, laquelle, en toilette soignée, est coiffée d'un bonnet bizarre de dentelles jaunâtres garnies de rubans de velours ponceau, qui ressemble à une omelette aux confitures de groseilles.

— Bonjour, madame Montalaire. Asseyez-vous, je vous en prie ?

Le clerc a avancé un fauteuil et s'est retiré.

— Eh bien, madame Montalaire, vous savez les nouvelles, je suppose ? reprend le notaire.

— Monsieur m'a écrit un petit mot, mais il m'a dit que monsieur (et ici la brave dame salue de son omelette) m'en dirait davantage.

— Aussi vous ai-je convoquée, madame, et, d'abord, dites-moi un peu ce que vous pensez de cette photographie ?

M⁰ Cabestan compulse un dossier préparé tout ouvert sur son bureau, en extrait une carte photographique épinglée à une lettre et la passe à la veuve.

— Eh bien ? qui est-ce ?

— Mais, sauf le respect que je dois à monsieur le notaire, ce n'est pas du tout votre portrait ! Ah ! Jésus-Marie ! mais... non !... Ça ressemble à M. Barnabé !

— C'est lui, en effet.

— C'est que c'est vrai pourtant ! C'est bien lui sans l'être !... mais il a l'air tout jeune et gras comme un moine, là-dessus ? Oh ! il est joliment flatté !...

— Madame, la photographie ne flatte jamais, au contraire !

— Ah ! bien, alors c'est que monsieur est rajeuni, que c'est à n'y pas croire. On dirait qu'il revient de faire ses vingt-huit jours !

— Les voyages, les distractions agréables, poursuit gravement M⁰ Cabestan, la tranquillité de l'existence, exercent, d'après les auteurs, une bien-

L'état-major fit son entrée.

faisante influence sur le moral et sur le physique... Votre maître en offre l'exemple remarquable.

Mme Montalaire examine de nouveau la photographie, et dit ensuite :

— Alors je commence à comprendre quelque chose à l'idée que monsieur m'a fait entendre dans ses petits bouts de lettres... Eh ! mais, avec la mine qu'il a à présent, il ne serait pas si ridicule de se marier, en effet.

— La chose est faite, madame Montalaire, depuis quinze jours.

— Seigneur Dieu du ciel et des hommes ! C'est-il possible ?

— Signé et paraphé par-devant notre ambassadeur à Copenhague, madame, j'ai le plaisir de vous en instruire.

— Il a épousé c'te Laponne alors, qu'il a trouvée au milieu des ours, là-bas, j en suis sûre ? Il m'a parlé d'elle si souvent. Ah ! qu'est-ce que vont dire les Sarlaboux ? si méticuleux !

— L'opinion des honorables personnes que vous citez, madame, est apparemment fort indifférente à ce cher M. Barnabé.

— Ah ! si je m'y attendais, par exemple ! Tenez, monsieur le notaire, j'en tomberais comme un château de cartes tant je suis tremblante ! Une Laponne, voilà donc tout ce qu'il rapporte de la chasse aux *égledons*.

— Edredons, je vous demande pardon, madame. Mais, si j'en crois votre maître, la jeune personne qu'il a épousée, et qui n'est pas une Laponne, sachez-le, mais une Danoise charmante, qui mérite absolument par son éducation et sa grâce la belle position qui lui est faite, sera, m'assure M. Barnabé, l'ornement du Parc, les jours de promenade en rond à la musique.

— Ah ! c'est égal, j'ai reçu un coup !... Regardez mes mains, monsieur, on dirait que j'ai commis un crime... elles grelottent !

— Reprenez vos sens, ma bonne femme, et réjouissez-vous du bonheur sans égal... (le mot est écrit dans son honorée du 16 février, tenez) qui est présentement le partage de votre excellent maître. Il s'est refusé longtemps à croire qu'on accepterait sa proposition, et ne s'est décidé à la faire que quatre mois après son sauvetage en mer. Car il a été à peu près noyé, notre ami !

— Il ne me l'a pas écrit ! Il ne nous manquait plus que cela !

— Mais nous allons le revoir très prochainement (d'après son honorée du 18) en compagnie du frère de la jeune épouse et de son ami le négociant danois.

— Mais qu'est-ce que je vais devenir, moi ? interrompit Mme Montalaire.

— Attendez donc ! En conséquence, tout en préparant de la façon la plus convenable les choses pour leur réception dans son appartement de la rue de l'Orangerie, vous aurez... et je m'en occuperai aussi, de mon côté... à lui trouver, sur le boulevard de la Reine, un petit hôtel, bien sec, avec jardin.

— Mais, et moi après ?

— Vous restez, bien entendu, sa gouvernante, mais il faut vous adjoindre une bonne et une cuisinière... du Midi !

— En voilà des affaires ! Du Midi? Mais on a donc refondu monsieur ?

— Oui, au Midi. Il y tient, d'après la teneur de son honorée du 20 courant.

L'annonce du mariage de M. Barnabé avec la « Laponne » avait surpris énergiquement Mme Montalaire, mais la volte-face de son maître au sujet du Midi la bouleversa de fond en comble, si nous osons nous exprimer ainsi.

Elle joignit les mains, puis, les séparant, tâta son espèce d'omelette aux confitures de groseilles pour s'assurer que sa tête était bien dessous toujours et en bon état. Après quoi, elle se releva et, faisant une révérence dont Mme de Pompadour eût faiblement apprécié le charme, elle prit congé de Me Cabestan.

Celui-ci, touché de son état d'agitation, la reconduisit par la main jusqu'au seuil de son cabinet, et la salua d'une grave oscillation du front.

La femme de ménage partie, Me Cabestan s'installa dans son fauteuil, et présenta de nouveaux ses pieds à la flamme, en se brossant les ongles avec la plus vive attention.

Il avait les mains belles et ne détestait pas que ses clients en fissent la remarque lorsqu'il leur présentait, un doigt sur l'endroit où ils devaient signer, la plume d'oie toujours exécrable et sans encre que nécessitait l'opération.

. . . .

Nous n'ajouterons qu'un mot à l'épilogue de ce récit.

Au premier dîner de cérémonie que M. Barnabé pria Gêfle de vouloir bien donner, quelques semaines après leur installation définitive à Versailles, aux nombreux amis qu'il avait si lestement quittés, sans prendre congé, un an auparavant (dîner auquel assistaient, avec Me Cabestan, M. Tausen sur le point de repartir pour le Danemark, et Nills qui devait bientôt s'embarquer au Havre pour Hali-

« Mme veuve Montataire », annonce le clerc.

fax), les Sarlaboux remuants et bavards tombèrent en complète admi-
ration, immobile et silencieuse, devant
la jeune maîtresse de la maison, cou-
ronnée de ses beaux cheveux blonds
à la fin repoussés.

Elle présidait à tout, heureuse et
souriante, avec une simplicité élé-
gante, qui avait établi à l'instant un
agréable courant de fine et cordiale
sympathie entre tous les convives.

— Je donnerais maintenant mes ongles pour elle jusqu'au sang, disait
Mme Montalaire aux domestiques
qu'elle régissait. Et dire que cet ange
a failli périr de soif dans une na-
celle !

Les Sarlaboux ne redevinrent
bruyants et gesticulateurs qu'à l'apparition d'un plat qui avait l'air d'une
crème délicate, mais dont le fumet
excita l'enthousiasme de leur fibre
méridionale.

— Quelle aimable attention, ma
chère ! se hâta de crier à Gèfle Mme
Sarlaboux en faisant craquer et scin-
tiller sa robe de soie dont la nuance
était telle qu'on eût cru la dame
doublée de cuivre comme un vaisseau.

— Mon cher Barnabé, dit M. Sarlaboux à mi-voix, mais de façon à
être entendu de tout le monde, votre
femme est adorable... Elle a pensé à
nos goûts favoris... Ah ! c'est plein
d'un tact qui vient du cœur !

— Elle y a pensé, et moi aussi,
mon ami, car je tenais à célébrer pu-
bliquement, en votre présence ma ré-
conciliation, complète et sans remise
avec... une plante que j'ai longtemps
méconnue. Ceci (et il montrait le
plat) est l'emblème appétissant de
l'union qui règnera déso .mais ici, entre les produits du Nord et les produits du Midi. C'est une *Brandade,*
comme vous l'avez bien deviné, c'est-
à-dire un mets où la morue boréale
donne la main — passez-moi cette
comparaison — au bulbe de la Pro-
vence ! J'en mangerai deux fois —
après vous, s'il en reste.

— *Welbekommen !* s'écria M. Tausen, levant son verre.

Ici se termine le récit des uniques
aventures de terre et de mer de
M. Barnabé, de Versailles, parmi les
Chasseurs d'Edredons.

Mais, un jour peut-être, si nos jeunes lecteurs le trouvent bon, nous
leur raconterons ce qu'il advint au
brave Nils et à l'excentrique Capitaine Baraquois, pendant leur expédition au Pôle Sud.

FIN

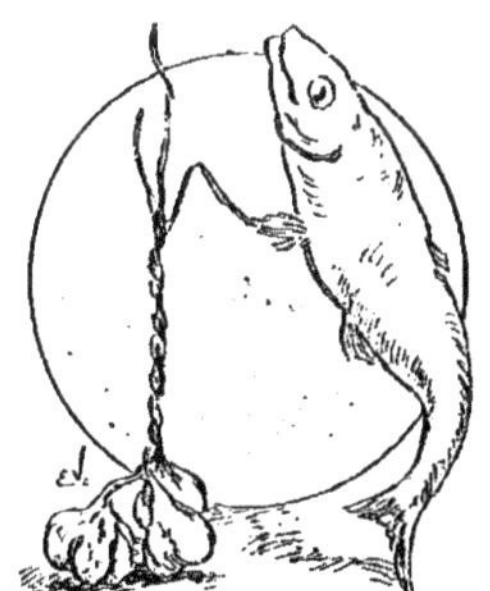

TABLE DES MATIÈRES

Sté Cie d'Imp. et d'Édit., 1, rue de la Berlauche, Sens. — 7-24.

www.ingramcontent.com/pod-product-compliance
Ingram Content Group UK Ltd.
Pitfield, Milton Keynes, MK11 3LW, UK
UKHW022047170726
13837UKWH00002B/833